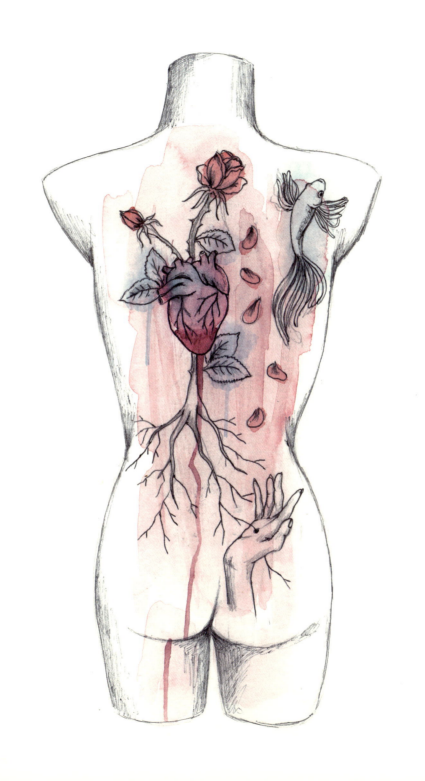

El despertar de las MUSAS

El despertar de las musas

Beatriz Luengo

Ilustrado por Marta Waterme

www.sassycatpublishing.com

SASSY CAT PUBLISHING, 2020
571 Haverty Court Suite F, Rockledge FL 32955
www.sassycatpublishing.com

© del texto: Beatriz Luengo, 2019

© de las ilustraciones: Marta Waterme

Primera edición: Julio de 2020

ISBN: 978-1-7351582-0-4

Library of Congress Control Number: TX 8-872-449

Impreso en Estados Unidos – *Printed in United States*

El papel utilizado para la impresión de este libro está calificado como **papel ecológico** y procede de bosques gestionados de **manera sostenible**.

Índice

El despertar del mundo
Prólogo de Elvira Sastre

Me gusta la gente que se rehace a sí misma en un movimiento constante y no lo oculta, sino que lo muestra como algo positivo. Me gustan, también, los libros que no solo cuentan sino que enseñan. Por eso me gusta Beatriz Luengo y por eso, también, me gusta su libro, este que tienes en las manos.

Cuando uno se va haciendo mayor, parece que disminuye la capacidad de sentirse sorprendido, así que agradezco, no saben cómo, los libros que me dejan clavada en la silla, esos que quiero recomendar a todo el mundo cuando todavía no he terminado de leerlos. Eso me ha pasado con *El despertar de las musas*. No es un libro que termina en el punto final, sino que se cuela en algún sitio de tu mente y hace que quieras saber más, buscar más, investigar, hacer hueco a todo eso que aún no has aprendido.

Le agradezco a Beatriz Luengo haber prestado su tiempo, sus manos y su corazón a rebuscar en los rincones olvidados de la historia de las mujeres, aquellos por los que el tiempo ha pasado sin justicia, y despertarlos. Porque la realidad es esa: apenas hay testigos que cuenten que sí, que existieron, existen y existirán mujeres que recordaremos no solo por ser mujeres sino por haber orbitado la tierra más que cualquier otra persona antes que ella, como Valentina Tereshkova; o como Waris Dirie, que visibilizó, a través de su propia vida, una realidad tan horrenda como la ablación genital femenina; o Mileva Maric, autora de la mitad de las teorías de Einstein a quien ahora nadie recuerda; o Rosalía Mera, cabeza pensante de la marca Inditex; o María Anna Mozart, que se apartó con un movimiento imperceptible y obligado para dejar paso a su hermano, quien reconoció que jamás tendría su talento para el piano.

Gracias a *El despertar de las musas*, ya no podremos decir que no hay libros que cuenten la historia de estas mujeres esenciales. Es triste, sin duda, habitar un mundo en el que este libro es necesario. Es triste saber que hay voces, como la de Beatriz, que sienten la necesidad de contar su historia para que otras se puedan sentir reflejadas y comprendidas, como si eso bastara, como si eso fuera suficiente. Sin embargo, la sororidad es algo maravilloso, y aquí queda el ejemplo: en las reflexiones de Beatriz, que le llevan a una a pensar que no estamos tan solas, que juntas podemos, que nuestras manos son las vuestras y vuestros ojos son los nuestros. Que somos una en todas y todas en una.

Como dice ella: «No eres de dónde vienes, eres adónde vas». Y sí, el mundo, y sus musas, por fin han despertado.

Para ellas

Todas esas comas rebeldes
que nos abrieron camino

La coma soñaba con ser eterna, pasar a la posteridad con cierta relevancia. La coma no solo quería separar personas en una lista de invitados a un cumpleaños o alimentos en una lista de la compra. La coma por un momento quiso ser punto. Y no punto y aparte, sino punto, de los de «después de mí, nadie». Pero a la coma le faltó soberbia. Siguió siendo coma... Su familia trató de explicarle su importancia, que sin ella habría mucha confusión y Carlos Javier sería tomado por una sola persona en esa fiesta, nadie habría podido prever que eran dos: Carlos y Javier; eso no hubiese sido posible sin la coma. Pero para ella no era suficiente. Un día vio la luz: «¡Quizá podría ser tilde!», pensó. Todos en casa le decían: «¡No! Tú eres coma y naciste para coma porque vienes de una familia de comas». Pero ella, testaruda, pidió rellenar el formulario para ser tilde, y la llamaron. «¡Qué gran oportunidad! —pensó—. Ser tilde y que todo el mundo tenga que acordarse de mí, que al pasar por mí la palabra se vuelva más importante, que todos tengan que alzar la voz en ese microsegundo alegando que yo estaba ahí.» La coma estaba ilusionada, era su gran oportunidad, pero al llegar a la entrevista de tildes alguien con muy poca sensibilidad le soltó: «No importa cuánto tiempo lleve usted siendo coma, para ser tilde se necesita notoriedad, y usted carece de un pasado relevante».

La coma salió de allí cabizbaja, casi a punto de llorar, pero de repente paró en seco y se dijo a sí misma: «¡Soy una coma, sí! Pero no de las que separan, soy una coma de las que unen, de las de trabajo en equipo, familia numerosa, derechos humanos y muchas opciones en la carta a los Reyes Magos. Una coma necesaria que te invita a una pausa, de las que al llegar a ellas te detienes, suspiras y piensas "menos mal que existen las comas". No pasaré a la historia como un punto egoísta ni como un acento egocéntrico. Seré una coma de las de puertas abiertas, porque los puntos finales nunca fueron una opción para mí».

El porqué
Des-aprender lo aprendido

Este libro parte de la necesidad de plasmar un concepto que rige mi vida y el cristal a través del que miro el mundo: «*Des-aprender* lo aprendido», sacar impresiones sobre las personas y darles la vuelta. No subestimar a nadie por lo que parezca. Dejar de pintar en el cerebro a la gente con esos rotuladores Carioca que resultan imposibles de borrar y empezar a anotar información con un lápiz con goma de borrar y, así, escribir y *describir* sobre los demás según evolucionen.

No soy historiadora, ni filósofa; solo soy una mujer a la que el prejuicio le ha robado parte de la vida. Alguien de la que contaron una historia que no corresponde con la actualidad, y a la que no se le reconoce una evolución. Soy un poco Eva, un poco María Magdalena, un poco Mileva; también soy un poco mi vecina, a la que tacharon de loca (cuando a mí me parece que habría sido una guionista impresionante). También soy mi prima Yamilet, la mejor actriz que he conocido en mi vida, pero quien se dedicaba a organizar cáterin para eventos. Y, sobre todo, soy mi madre, el ser más capacitado para cualquier tarea que se proponga... En un currículum real no habría páginas para definir sus capacidades. Si preguntas en el barrio quién es mi madre, la respuesta será «la hija de Parras» o «la mujer de Nacarino». Pero ella es ELLA, con un liderazgo capitaneado desde la calma que la asemeja a Gandhi.

Yo, su hija, heredando el «síndrome de la subestimación» como estado de WhatsApp, desarrollé un poco más la enfermedad, llegando a ser no únicamente ignorada, sino objeto de prejuicio. El prejuicio me enseñó a ser fuerte. También me enseñó que la vida es un camino donde la finalidad es simplemente parecer lo que realmente eres, pues a menudo somos una cosa y parecemos otra. En mi caso, debido a eso y a lo que me hacía sentir, tuve que abandonar mi país, a mi familia y todo lo que era vital para mí. Necesité salir fuera para que el cuaderno de mi historia empezase en blanco, porque el relato dibujado sobre él era imposible de *re-dirigir*.

A partir de ese trauma, mi vida se ha convertido en un constante ejercicio de *re-escribir*, *re-aprender*, *re-cuestionar* absolutamente todo y a todas las personas que conozco, leo, veo en televisión o de quienes me hablan. Y, una vez más, en un ejercicio mental que realizo siempre desde que emprendí ese viaje geográfico y emocional hace quince años, empiezo este libro.

Las personas de las que hablo son reales, su sufrimiento y la injusticia que padecieron, también. La parte en cursiva al acabar los relatos son los datos verídicos a partir de los cuales creo su historia; el texto anterior (las escenas que describo, algunos personajes que aparecen en ellas, sus conversaciones) son fruto de mi imaginación a partir de lo que considero que debió de ocurrir, es decir no estoy *ficcionando* por inventar historias de impacto, realmente trato de acercarme a lo que imagino que debieron de sentir.

Considero que para mirar al futuro hay que mirar primero al pasado y ser capaces de replantearlo. ¿Y si María Magdalena no fue realmente prostituta? ¿Y si Eva mordió la manzana en un acto de amor jamás visto antes y no por desobediencia? ¿Y si Einstein no es solamente ese señor simpático que aparece en las camisetas hipsters?

Habrá quien se lleve las manos a la cabeza por mi osadía de *re-escribir* personajes bíblicos o históricos, pero es que antes que yo estas mujeres de las que hablo fueron subestimadas y empaquetadas en unas historias que no les hacían justicia, es decir, en mi opinión alguien alteró su paso por el mundo; algunos, mucho antes de mis historias *ficcionadas*, que tratan de resarcirlas, se atrevieron a decir incluso que eran «malditas». Yo escribo también, como ellos, mi propia versión, la que para mí se acerca más a su realidad. Eran mujeres adelantadas a su época, con una capacidad de amar infinita y demasiada docilidad, pues, de algún modo, dejaron (aunque quizá les hubiera sido imposible cambiar el desarrollo de la historia) que cayera sobre ellas la parte negativa del relato.

Deseo con el alma y el corazón que se les haga justicia y que, a partir de esta lectura, cuando vosotros veáis una imagen de Einstein, veáis también a Mileva; cuando escuchéis a Mozart, recordéis también a Nannerl... Ojalá consiga eso, porque en muchos momentos, mientras escribía este libro, he sentido escalofríos y he pensado que «mis musas» están felices de que se reconozca su paso por el mundo como merecen.

Desde mi personal punto de vista, planteo una pregunta al aire para mí y, sobre todo, para mi hijo, para que sepa que debe adquirir conocimientos hoy y ser capaz de modificarlos mañana: nada debería ser aprendido a perpetuidad. Quiero que su mente lo lleve a debatir cualquier cosa desde el respeto y el amor.

Y yo, como mujer, deseo que cuando un día no esté, o con un poco de suerte aún estando, alguien cuente mi historia de manera veraz y justa y me dé la oportunidad de evolucionar sin esconderme tras un nombre masculino y sin el peso de la desconfianza en mis capacidades para crecer.

El dolor y yo

El dolor está sobreutilizado
como el aguacate en los veganos,
como la legumbre en los latinos.
El dolor no tiene conservantes,
va de boca en boca sin piedad,
nadie se lo queda, todos se lo pasan.
No lleva sal,
pero acelera los latidos.
Ni glucosa,
pero daña mis sentidos.

Yo soy diabética al dolor
porque después de tanto sufrido
el azúcar no me parece tan malo.

A quien me lee

¿Quién eres?
No eres tu estatura o tu peso.
No eres tu edad. Y mucho menos tu género o el lugar
donde naciste.
Eres tu libro favorito. Eres la canción atrapada en tu
cabeza y lo que desayunas los domingos. Eres esa
película que decidiste volver a ver y esa persona a la
que eliges besar.
Quizá el mundo siempre escogerá ver el millón de
cosas que no eres.
Porque no eres de dónde vienes.
Eres adónde vas.

Introducción

¿Quién nació primero, la musa o el poeta?

¿Qué texto es más antiguo, el del profeta que escribió la historia de la Biblia o el de las musas en las leyendas de los dioses del Olimpo?

La música existió antes de que alguien decidiese dibujar las notas. ¿Quién la inventó entonces? ¿El que tuvo la destreza musical, al que le dieron la oportunidad de poner la melodía sobre papel o aquella mujer que, soplando una caña hueca para avivar el fuego, descubrió la flauta hace 40 000 años?

Las primeras mujeres sapiens observaron la luna y sus fases creando lo que hoy conocemos como calendario. Sin embargo, miles de años después los sacerdotes de la antigua Babilonia estudiaron el cielo nocturno dejando textos sobre lo que observaron. ¿Quiénes fueron entonces los primeros astrónomos del mundo? Todo existe en nuestras mentes antes de ser puesto en papel, es por eso que yo defenderé que antes de los grandes pensadores, los filósofos, escritores y genios, con grandes oportunidades de desarrollarse e ir a las universidades, LAS MUSAS ya existían, y con ellas su conocimiento. Y no me refiero al concepto de musa como ser pasivo, romántico y delicado. Hablo de esa musa creadora, inteligente e infinita. Reivindicativa y fuerte. Y sofocada durante siglos, pues asusta la existencia de un ser supremo capaz de crearlo todo, hasta la vida.

Hoy las musas ya no se esconden bajo nombres y apellidos masculinos, exigen relevancia, sueldo y seguridad social. Ya no esperan ser soñadas o invocadas para existir. Existen. Sin esconderse más. Son una realidad.

No podemos cambiar el mañana
sin reescribir el ayer.

Musa I

María Magdalena
La concubina de Jesús

Sentada en la raíz de un olivo gigante, María niña pregunta a su madre:

—Mamá, ¿quién ha hecho el pan?

—Lo hice yo esta mañana, María. Mezclé centeno, harina, agua y sal.

—Y ¿quién hizo el centeno?

—El trigo.

—Y ¿quién hizo el trigo?

—La tierra.

—Mamá... y ¿quién creó la tierra? —demanda María, y parece que sus ávidos ojos sean incapaces de poder parpadear nunca más.

La madre enmudece, no es la primera vez que su hija le hace una pregunta para la que no tiene respuesta.

María mujer crece, a la par que sus ansias de saber. Un día conoce a un joven de piel morena, ojos profundos y labios perfilados.

Juntos comparten tardes de amor y preguntas. Ninguno de los dos nació para conformarse con historias inconclusas ni rutinas mentales.

Su imaginación vuela entre gigantes que construyeron los árboles y mariposas que pintaron las flores. María imagina un ser superior que esculpió las nubes y que habría decidido instalarse en ellas y desde ahí arriba observarlo todo. Ojos profundos, como ella llama a su amado, desarrolla la idea:

—¿Y si ese ser superior del que hablas hubiese inventado todo? ¿Y si nos hubiese creado?

Un enorme silencio llena el aire a modo de réplica eterna. Han encontrado la respuesta de las respuestas.

Ninguno de los dos puede esperar para contarle al mundo su descubrimiento. Juntos, en un equipo perfecto, han llegado a la mayor de las conclusiones.

Por la noche, María prepara la bolsa de viaje:

—Ve y cuéntale al mundo lo que hemos descubierto mientras nos amábamos y observábamos la naturaleza.

—¿Y tú? —demanda él.

—El mundo no está preparado para escuchar la palabra de una mujer. Y esto es importante, más que yo; debemos llenar el mundo de fe. Yo te esperaré.

Entonces, él sale por la puerta a conquistar el mundo.

Ella lo espera paciente y orgullosa de su triunfo.

Él nunca amará a otra.

Ella nunca será de nadie más.

Y así, Jesús pasa a la historia de los libros y de la humanidad, y lo veneran millones de personas que invocan su figura y alaban su existencia. El calendario comenzó el día en el que nació.

María pasa a la historia como una vulgar prostituta.

 ## María Magdalena ~ *PERSONAJE BÍBLICO*

Popularmente conocida como la prostituta de Jesús. No hay ningún texto explícito que describa que ella ejerciera esa profesión, es más, cientos de escritos avalan que era una mujer de la alta sociedad con amplios conocimientos y figura clave en la vida y desarrollo de Jesús. Tanto es así, que incluso se dice que Leonardo Da Vinci la representó en la última cena al dar a uno de los discípulos rasgos femeninos, dejando constancia de su importancia en el camino de Jesús. De hecho, la misma

historia de la Biblia narra que ella fue a la primera persona a quien se le apareció Jesús en su Resurrección, otro dato más de lo que representaba a nivel sentimental, no solo carnal, para él.

En 2016, el Papa Francisco la nombró «apóstol de los apóstoles» y reivindicó su figura al sentenciar: «Es un ejemplo y modelo para las mujeres de la Iglesia».

Hē Mariam Magdalena
Regina Ivdæorvm

Verso inspirado en María Magdalena

Hoy comprendí...
Que arañando el corazón te encontré junto a mis miedos.
Que te quiero sin diminutivos ni frases prestadas.
Que la historia que escribieron mis ojos está llena de faltas de ortografía.
Pero no importa, a la eternidad solo le interesa el contenido y no la forma.

—A lo incorrecto pero eterno

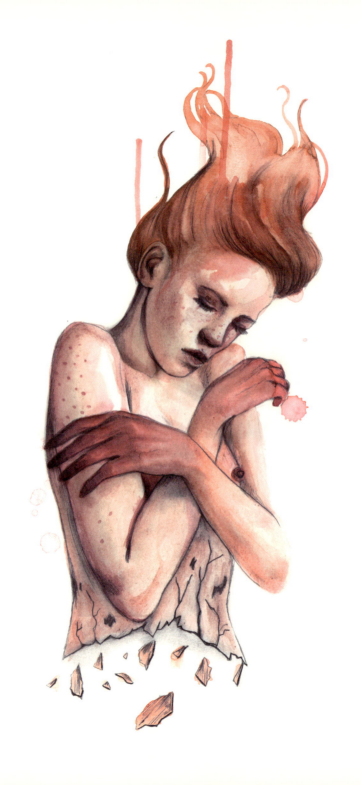

La ironía es el idioma sublime
de la tristeza,
capaz de traducir la rabia
en aliento.

Querida María Magdalena:

Te escribo esta carta desde el futuro para darte una buena y una mala noticia. La buena es que todo el mundo sabe de ti y de tu existencia, aunque hayan pasado más de dos mil años de tu nacimiento. La mala, que los detalles de tu vida parecen haber sido alterados en algún momento de la historia y no has trascendido como mereces. Y es que, querida María Magdalena, siento contarte que... las películas te representan como a una prostituta. Seguramente será por ese afán de la ficción de poner a un hombre musculoso sin camiseta junto a una mujer dócil y dispuesta a cumplir los deseos de su amado, todo un clásico de nuestras taquillas. Eso sí, la guapa de la película siempre eres tú, por si te sirve de algo, que no creo.

Imagino que la razón de todo esto es que en nuestra sociedad, hasta hace bien poco, una mujer que tenía sexo con un hombre fuera del matrimonio era considerada una prostituta o, peor aún, una «puta» (que es más corto y no se ciñe tanto al oficio, suena más despectivo y sirve de insulto). Entonces esa injusticia en el trato a las mujeres llega a ti, o mejor dicho a tu historia, a través de un *ave mensajera* que parece haber sufrido una alteración genética y que aterriza hoy para convertirte en el daño colateral de la Biblia.

Supongo que debiste de tener que aguantar demasiados cuchicheos a tus espaldas por aceptar ese amor tan puro, tan alejado de lo convencional del matrimonio. Menos mal, estimada musa mía, que, siendo protagonista de un acto tan criticado para la época, tu paso por la tierra no coincidió con el bullir de las redes sociales, porque, querida María, habrían acabado contigo.

Menos mal que el pezón lo enseñó Jesús en su bella y dolorosa imagen para la posteridad, porque si hubieras sido tú la del taparrabos, te habrían cerrado la cuenta de Instagram. Así están las cosas. Y es que no importa lo avanzados que estemos, ni la cantidad de pezones que haya en todas las iglesias de mundo con la imagen de tu amado, el pezón femenino sigue siendo un arma que censurar. Claro, hay que educar a los niños (aunque lo primero que vean al nacer sea precisamente eso, un pezón). ¡Madre mía, pobres niños! Yo confieso que amamanté a mi hijo durante un año... Espero que el mundo pueda perdonarme semejante exhibicionismo callejero por el que en muchos países te multan; creo que algunos de los abuelos que frecuentaban el parque todavía no me han perdonado. Que digo yo, llámame loca, pero quizá en un mundo lógico la multa debería ser para los que miran y no para los que alimentan. Ya ves, el sentido común sigue brillando por su ausencia.

Pero volviendo a ti, he leído miles de escritos y no encuentro nada que justifique que ejercieses esa profesión que te atribuyen. Claro, hay una cosa horrible en el mundo a día de hoy, a día de ayer y a día de siempre que se llama machismo. En tu caso concreto creo que sería algo así como machismo sexual, y consiste en creer que la finalidad de la mujer en la vida de un hombre es satisfacer sus apetitos carnales, porque intelectualmente las mujeres no tenemos nada que aportar. Eso es lo que supongo que le pasó a tu historia, lo que consideraron los grandes «pensadores» de la época sobre ti. Que pensar pensarían mucho, pero acertar, bastante poco.

Y es que, amiga mía, así estamos las mujeres todavía, peleando por ser algo más que un trasero y unos pechos. «Vivimos en la cultura del envase que desprecia el contenido», que diría Eduardo Galeano.

Seguimos estancadas, mientras el reguetón nos intenta convencer de que el feminismo consiste en que tu deseo sexual supremo sea dar placer al hombre. Esa parece ser la máxima femenina del siglo XXI: somos como hace siglos, unas bocas, y no precisamente para reivindicar, sino para que nos las tape un genital masculino a golpe de visitas en YouTube.

Disculpa, María, que no hayamos podido avanzar

mucho desde tu partida. Eso sí, hemos sido capaces de viajar a la Luna y, con una cosa llamada teléfono, podemos abrir la puerta de casa a dos mil kilómetros de distancia. También nos hemos hecho expertos en armas nucleares que pueden acabar con la humanidad entera presionando un botoncito. Avances, muchos; evolución, no tanto. Si hubiésemos evolucionado nos daríamos cuenta de que llamarte prostituta es llamarnos estúpidos. Porque de todos los hombres que han pasado por el mundo, hemos relegado la fe ciega en uno que entregó su corazón a una mujer por la que ¿solo sintió deseo carnal? O sea, de todas las mujeres que había, el ídolo y máximo representante del amor, quien se sacrificó por los demás hasta la misma crucifixión, ¿se enamoró de un envase sin contenido? ¡Increíble! Deberían darle un premio Razzie al guionista de esta historia. Yo quiero pensar que no fue así y que no somos tan tontos, que decidimos adorar a un hombre inteligente y visionario que vino al mundo a dar lecciones de AMOR, porque él sabía de lo que estaba hablando. Que supo rodearse, en los pocos espacios que le dejó su misión, de personas inteligentes que le aportaran. Y que algo muy especial debió de ver en ti, porque de seguro que conoció a muchas mujeres durante sus viajes, pero tú fuiste la única a la que regresó su alma y, por eso, te convertiste en una de las protagonistas de ese libro extraordinario que es la Biblia.

Yo no sé si puedo hacer mucho, solo soy una humilde chica en el siglo XXI con un bolígrafo y una libreta como únicas armas, pero con mucha esperanza, pues la mujer de hoy está cansada de historias que nos relegan a la sombra. Y porque unidas nadie nos puede. Te prometo que lucharé por defender otra visión de tu historia.

Tu amiga relegada a la ironía,

Musa II

Mileva

Primera esposa de Albert Einstein

La lluvia la obliga a guarecerse en un portal. En el Zúrich de principios del siglo XX nadie acostumbra a salir con paraguas. Casi una hora después, la tormenta no cesa, así que en un intento de dispersar la mente, dirige los ojos a aquel escaparate iluminado. Un vestido de terciopelo negro con motivos de encaje blanco en las mangas hace que su imaginación vuele. Cierra los ojos y es capaz de verse allí, en ese 20 de noviembre de 1921, caminando entre los aplausos y las sonrisas de ceja estirada. Su nombre suena más bonito que nunca, y mientras sube la escalera que la lleva al escenario, recuerda a su padre, que tuvo que pelear muchos permisos especiales para que ella, mujer, pudiese cursar estudios universitarios. Piensa en él y en lo orgulloso que se sentiría si pudiese verla. El pelo rojo cobrizo de la mujer que sostiene el sobre de la premiación le hace pensar en su madre, quien no se separó de Mileva cuando en

1894 la tuberculosis hizo que abandonara todo lo que había construido y partiera a Suiza desde la ciudad de Titel, en Vojvodina. Al llegar al atril del escenario, se vuelve y todos los que, en pie, la ovacionan, dejan de aplaudir para escucharla:

—En primer lugar, gracias a mi brillante esposo, Albert Einstein. Sin ti, esto no hubiese sido posible. Todo empezó como una unión de nuestros universos; tú y tu maravilloso intelecto para la física y yo con mis facultades para las matemáticas, hemos dejado una teoría para la humanidad aliando ambos mundos. Y para nosotros hemos dejado en forma fisicomatemática un resumen de nuestro amor, nuestro vínculo y nuestra familia. Creo que el mensaje más importante de este descubrimiento y este reconocimiento en forma de Premio Nobel es que todo fue posible por estar unidos y mirar hacia un horizonte común.

Un aplauso ensordecedor ocupa la sala, se escuchan gritos, gritos amables que empiezan a oírse cada vez más fuertes, gritos de admiración que van tornándose gritos de ansiedad. El corazón de Mileva empieza a latir incontrolablemente, no está segura de si es una sensación agradable, y lo que parecía el momento más feliz de su vida, por lo que tanto había luchado, se convierte en angustia. Solo quiere salir de allí. Grita ella también, y despierta. En el salón, Eduard chilla mientras patea todo lo que encuentra a su paso. Ella, con la tranquilidad que da lo cotidiano, pasa la mano por su frente sudorosa y le susurra esa melodía que consigue calmar el brote esquizofrénico de su hijo. Sus ojos fijos en el cuadro de la abuela Nicoletta le han hecho volver la mente atrás hace apenas cinco minutos, cuando un sueño le ha devuelto todo lo que la vida le había robado. Ya Eduard calmado, y calculando que el siguiente brote se dará en los próximos cuarenta y cinco minutos, abre el cajón y despliega el periódico que con tanta rabia (a la vez que orgullo) había guardado dos años atrás. «Albert Einstein, genio del siglo, recibe el Premio Nobel por su teoría de la relatividad.» Mileva repasa la foto del periódico y no se ve, tampoco ve su vestido de terciopelo negro, sus pasos hacia el escenario, ni siquiera Albert la nombra en su discurso de nueve minutos. Parece una pesadilla, pero no, es la realidad. Parece que la historia la haya olvidado para siempre. Maldice las dieciséis horas diarias que dedicó durante más de dieciocho años a la teoría de la relatividad. Pero no hay tiempo para lamentarse, todavía debe conseguir almuerzo para Eduard. Hace más de tres días que una amiga de su tía le ofreció una gallina ponedora y un poco de leche. Podrá seguir odiando cuando resuelva el tema de las medicinas que hacen dormir a su hijo y que la farmacia le lleva fiando tres meses mientras ella se excusa con un «Mañana te lo pago». La mente más brillante para los cálculos que jamás haya existido, capaz de resolver cualquier operación matemática, todavía no logra descifrar la gran ecuación de su vida: ¿por qué Albert la apartó de la historia? ¿Por qué el hombre más inteligente que jamás haya existido no pudo compartir sus elogios con ella?

No le da tiempo a llegar a una conclusión que la convenza porque, al mismo tiempo, su mente trabaja para tratar de resolver su mayor anhelo científico: salvar a su hijo.

 **Mileva Maric** ~ CIENTÍFICA

Una de los genios matemáticos más brillantes de la historia. Aun estando vetado a las mujeres, fue admitida, debido a sus altas capacidades, como estudiante en el Colegio Real de Zagreb. Tras su paso por ese centro, empezó Medicina, estudios que interrumpió para cambiarse a Física y Matemáticas en la Escuela Politécnica de Zúrich, donde conoció a Albert Einstein, con quien, además de casarse, formuló la teoría de la relatividad, aunque solo él recibió el Premio Nobel de Física. Einstein tuvo que ceder la dotación económica del galardón a Mileva, aunque nunca reconoció su aporte en sus investigaciones científicas públicamente. Ella empleó el dinero en atención médica para Eduard, el hijo pequeño de ambos, enfermo, en el que se había volcado desde su nacimiento y del que Einstein supuestamente se desvinculó.

Mileva murió en la más absoluta miseria y sin ningún tipo de reconocimiento, enterrada sin ni siquiera una lápida para evitar pagar los impuestos asociados. Albert Einstein, sin embargo, es considerado el genio de los genios por las teorías que ambos desarrollaron.

$E = mc^2$

$E^2 = (pc)^2 + (mc^2)^2$

$S = \dfrac{c^3 kA}{4\hbar G}$

$G_{\mu\nu} = R_{\mu\nu} - \dfrac{1}{2} R g_{\mu\nu} = \dfrac{8\pi G}{c^4} T_{\mu\nu}$

$I = \displaystyle\int e^{-a x^2/2} dx = \sqrt{\dfrac{2\pi}{a}}$

$S_{fi} = \langle f | S | i \rangle$

$S = \dfrac{1}{2} \displaystyle\int d^4x \left(R + \dfrac{R^2}{6M^2} \right)$

$H = \dfrac{p \cdot p}{2m} + V(r)$

$p = -i\hbar \nabla$

Verso inspirado en Mileva

Para viajar al olvido
encontré paquetes vacacionales
y cupones de descuento.

Nadie quiere ir
pero todos te quieren enviar.

Nadie lo conoce
pero todos han estado.

Hay libre acceso para entrar
y lista de espera para salir.

No afecta el frío,
porque ya eres nieve;
ni el calor,
pues aprendiste a arder en el infierno
de un amor que se va.

El olvido te enseñará que de recuerdos no se vive.
De recuerdos se sufre,
se rompe
y se desgarra.

Reflexión a partir de Mileva

El avión aterrizó puntual a las 20:15 en el aeropuerto de Charles de Gaulle. *Bienvenus en France*, sonó la voz de la azafata por el altavoz. Mientras esperaba delante de la cinta del equipaje a que aparecieran mis maletas, me vino un olor a *pain au chocolat* que me hizo cerrar los ojos y recordar mis desayunos en Montmartre el año que viví en París, donde me creí Amélie (flequillo incluido). Al salir, una furgoneta con un cartel de Disneyland en la luna nos aguardaba y nos llevó al hotel, dentro del parque temático. Ahí, nos recibieron unas mujeres de pelo dorado que parecían recién salidas del lápiz y papel de los bocetos Disney. Dulces y sonrientes, nos indicaron dónde estaba nuestra habitación y nos explicaron que el desayuno dejaba de servirse a las

nueve. Y es que Disney es un universo muy riguroso, y eso concierne también a los horarios: supongo que pasados cinco minutos de las nueve, la música ambiental del bufet se interrumpía de repente y Mickey dejaba de ser un ratón tan simpático.

Ya en la habitación... ¡Sorpresa!, el maravilloso castillo del logo se veía perfectamente desde mi ventana, casi parecía de mentira, una lámina de Ikea pegada a ella, pero no, era real. El castillo brillaba tanto que el zum de mi teléfono se volvió loco al tratar de hacerme un selfi, mi cara quedaba ensombrecida y borrosa, casi imperceptible entre tanta luz trasera; o quizá es que Siri también fue niña y soñaba a su vez con esa aparición, de ahí que me saboteara dejándome borrosa, como diciendo: «Quítate del medio, que no veo». Embobada, me pregunté en alto: «¿De quién era el castillo?», tratando de recordar si pertenecía a la Bella Durmiente o la Cenicienta.

—Pues de una princesa —contestó mi amiga Elena, que, tras dejar el equipaje en su habitación, entraba en la mía mientras abría una lata de refresco que debía de haber cogido del minibar—. Pero se lo regaló el príncipe,

por supuesto, que era al que le dejaban trabajar. A ella la tenían planchando mientras cantaba cancioncitas cursis.

—¡Elena, por favor! —le recriminó mi niña interior.

Elena no es muy fan de las princesas, y yo le había pedido que viniera conmigo para ver si modificaba algo su opinión. Y para disfrutar de su compañía también, claro. Me habían invitado, junto a otros artistas, deportistas e *influencers*, al encendido del árbol, que es el símbolo del inicio de la temporada navideña, y me gustaba contar con el apoyo de una amiga.

Al día siguiente, fuimos a visitar el parque. Lo primero que vimos fue el mundo de *La bella y la bestia*, sí, esa película maravillosa donde la tetera canta, el candelabro persigue al plumero por toda la casa como en una película de Fernando Esteso y donde el lema es «la belleza está en el interior» aunque Bella (ojo con el nombre, que también ya dice mucho) vaya maquillada desde que se levanta al más puro estilo Kim Kardashian (pestaña postiza incluida).

—También es la peli donde la chica se enamora de su secuestrador —añadió a mi lista Elena, sin dejar de

morder la manzana cubierta de caramelo que nos acababan de regalar.

—¡Elena! —le dije con el ceño fruncido y los hombros levantados, todavía incapaz de desmitificar así mi
infancia.

—Piénsalo, amiga —me dijo segura—: Bella llega a
un castillo donde un monstruo la encierra a la fuerza,
tirándola de malos modos al suelo, en una habitación
con candado. Y al mes de retenerla contra su voluntad,
va y le lanza dos bolitas de nieve en el jardín y ella se
enamora de él porque entiende que su maltratador no
es tan malo. Eso, lo creas o no —argumentó—, queda
grabado en nuestro inconsciente, en el apartado «Re-
laciones», y viene a decirnos que, si un hombre que te
maltrata te lanza dos sonrisas junto a un árbol, debes
cambiar totalmente tu percepción de él, porque la belleza está en el interior y él no era tan malo, es que estaba
solito en el castillo y hay que entenderlo. ¡Venga ya, tía!

Dos de las chicas que venían caminando a nuestro
lado y habían escuchado el argumento de Elena em-
pezaron a asentir con la cabeza. Por sus caras, pensé

que planteaban devolver el *merchandising* o poner una hoja de reclamaciones al príncipe.

Me quedé un largo rato en silencio, creo que trataba de escuchar el crujido de mi corazón ante semejante conclusión. Durante todo el viaje en el tren que da un tour completo al parque no hablé, pues andaba inmersa en mil pensamientos. Solo enseñaba los dientes cuando se encendía la luz de la cámara de fotos. Traté de *re-analizar* los cuentos desde la visión de una mujer del siglo XXI. Y sufrí mientras mi cabeza daba vueltas y llegaba a varias conclusiones. La primera puñalada fue darme cuenta de que Disney nos contó que las mujeres eran malas y los hombres, salvadores. Véanse los ejemplos de Úrsula, el «pulpo» de *La Sirenita* que roba la voz de Ariel alegando que el príncipe, como todos los hombres, prefiere a las mujeres calladitas y sin opinión. «Que no logras nada conversando, al menos que los quieras ahuyentar», canta salerosa mientras mueve la cadera al más puro estilo zumba. O la reina disfrazada de viejecita que envenena a Blancanieves con la manzana; la madrastra de Cenicienta, que la tiene de fregona; Maléfica, que, despecha-

da por no haberla invitado al bautizo de Aurora, la maldice; Cruella de Vil, que además de vestirse con animales y ser realmente *vil*, es muy pero que muy mala amiga... Lo mires por donde lo mires, la malvada del cuento casi siempre ha sido una mujer, y si lo analizas más profundamente, normalmente esa maldad es por pura envidia, y el salvador, cómo no, es un hombre guapo y apuesto (claro, que feo no nos cumple el rol de príncipe, es cuestión de eugenesia). ¡Dios mío! ¡Hasta Campanilla (mi corazón cruje un poco más), ese hada que todas hemos querido ser en algún momento y que va vestida de patinadora sexy, actúa contra Wendy por celos!

Además, todas las protagonistas son siempre mujeres impecables que se peinan entre escena y escena hasta que un día, ¡menos mal!, aparece una protagonista salvaje, líder de la selva y a quien todos respetan. Ah, no, perdón, que para esa historia decidieron contar con un protagonista masculino, Simba, que acaba convertido en rey. Qué pena, una leona hubiese sido increíble.

Pero, tras esta película, llegó Mulan. A decir verdad, y para calmar mi pena, encuentro que hay un antes y

un después de Mulan en el rol de la mujer en Disney. La joven china intenta luchar contra un estereotipo machista que la atrapa. (Gracias a aquellas personas de la factoría Disney que intentan hacer justicia y nos dejan ser guerreras en nuestras batallas.)

Aunque no es solo Disney quien nos «educó» en el tema de los roles. ¡Qué bueno era el abuelo y qué mala la señorita Rottenmeier en *Heidi*! O cómo sufrió el pobrecito Marco, que se pasó tres mil capítulos (en realidad eran solo cincuenta y cuatro, pero a mí y a mi corazón taquicárdico nos pareció eterno) buscando a una madre que parecía huir de él. O Shin-chan, ese niño japonés que sobrevive de generación en generación y que tiene una madre que se dedica a pegarle cada vez que sale a escena y un padre obsesionado con ligar con todo lo que se le pone por delante.

«En fin, muy en contra de mi niña interior tendré que empezar a darle la razón a mi amiga Elena», pensé mientras entrábamos por fin en la guinda del viaje: el castillo. Con una suave banda sonora de fondo que nos embelesaba cual flautista de Hamelín, la guía, con voz

angelical, nos explicó la historia de *La Bella Durmiente*: «...y las tres hadas le regalaron sus tres dones más importantes: el primero fue dotarla de belleza; el segundo, de una voz dulce y armoniosa; y el tercero le dio la oportunidad de salvarse del hechizo con el beso de su amado». «Ay», suspiran las niñas que nos acompañan en el grupo. Las dos chicas de antes miran a Elena, parece que esperen ansiosas un comentario. Pero ella solo refunfuña y pone los ojos en blanco. Yo, por si acaso, la miro con cara de «ni se te ocurra hablar y romper el corazón de esas niñas», aunque una contradicción emocional interna grita que, en realidad, pensar que su don más importante es estar mona y la idea de que solo un hombre puede salvarlas es lo que les romperá el corazón más de una vez en el futuro. En fin, aun así, todavía estoy demasiado contaminada por el espíritu «princesas» y por el dichoso hilo musical, que no ayuda nada al cantar «Eres tú el príncipe azul que yo soñé».

Tampoco es que la mujer relegada a cumplir el rol de esposa dulce, delicada, silenciosa y entregada al hogar lo inventara Disney, formaba parte de la sociedad

de una manera muy naturalizada, incluso para las mujeres del siglo XXI, que no fuimos capaces de percibir los mensajes subliminales en cuanto a lo que se esperaba de nosotras y cuál era nuestro papel en esas historias.

Así que imagino como debía de ser para Mileva en el principio del siglo XX: además de ser una mujer con una mente brillante, nacida para cambiar el mundo con su conocimiento, había crecido en una sociedad donde el segundo plano de una esposa parecía incuestionable, y eso se erigía como una barrera en su mente. Ella, inteligente, fuerte, revolucionaria, que había sido capaz de conseguir un acceso a la universidad negado a las mujeres, no podía ver lo injusto de su rol en el hogar, en la vida en general. Era una barrera parte de su ADN, tan interna que era incapaz de verla y, por tanto, de romperla. Y, de este modo, se apagó; Mileva se dejó apagar. No reivindicó que de ella era la primera semilla de la teoría de la relatividad, iniciada en su tesis universitaria cuando Einstein todavía no existía en su vida. Tampoco reivindicó que, sin un magistral conocimiento de las matemáticas, como el que ella tenía, habría sido imposible desarrollar dicha teoría.

Aportó tiempo y conocimiento, los dejó a los pies de Einstein, quien realizó sus teorías más brillantes mientras duró el matrimonio, tal como reconocen los expertos. El hecho de que ella no reivindicara su lugar no invalida que nosotros le reconozcamos el legado que dejó, un legado indiscutiblemente relevante. Si Einstein es el genio de los genios, con Nobel incluido, Mileva es la genia de las genias, y de los genios, también.

Y si no, que baje Walt Disney a debatir con mi amiga Elena.

Musa III

Nannerl

~~Hermana de Mozart~~

En casa del señor Leopold Mozart, las enredaderas trepan más rápido que las de cualquier otra fachada de la vecindad. Parece como si las ramas quisieran llegar antes del comienzo del primer acto a asomar sus pequeñas hojas por la ventana del segundo piso. Allí, como cada tarde, Maria Anna reúne a sus muñecas de porcelana. Las sienta con especial delicadeza sobre su cama y, entonces, cuando cree tener la atención de esos ojos inertes, toca el clavecín con más destreza que cualquier músico reconocido de la época.

«Ojalá un día pudiese tocar como ella», piensa su hermano Amadeus, cinco años menor, mientras la escucha ejecutar una nueva melodía que se le ha ocurrido esta misma mañana, desayunando.

—¿Estás nerviosa? —le pregunta curioso el pequeño.

—No, ¿por qué? —contesta ella.

—Papá dice que vas a tocar en la corte de Versalles. Para gente importante.

—No sé, todavía no soy muy consciente de ello. —Maria Anna hace una pequeña pausa, y luego prosigue—: ¡Venga! Deja las preguntas y siéntate al piano, nos toca repasar escalas.

Amadeus cruza el salón y sus zancadas retumban, llenas de felicidad, por toda la estancia.

Todos los cuchicheos de la alta sociedad de la época tienen como protagonista a Nannerl, apodo artístico que le han puesto a Maria Anna. Unos hablan de sus habilidades musicales, elevadas a la categoría de genio; otros de su temprana edad para la madurez de sus composiciones... Todos tienen algo que opinar, aunque la mayoría coincide en criticar a Leopold, su padre, por exponerla al público y no dejar su arte como una exhibición privada. Al fin y al cabo, las actividades remuneradas están prohibidas para el sexo femenino, y aunque no hay duda de que, dada la temprana edad de la niña, no debe haber transacción económica de por medio, existe la posibilidad de que, más adelante, tocar en público se convierta en una actividad habitual, en una profesión, en un futuro. Y eso no está bien visto para una mujer.

Un día, mientras regresan en su coche de caballos de un concierto de Nannerl en el teatro principal de Viena, Leopold y su mujer miran hacia atrás y confirman que sus hijos se han dormido. Leopold aprovecha el momento y, firme, expone a su esposa:

—Esto tiene que acabar, Maria. Debemos centrarnos en Amadeus, creo que podría llegar a ser un buen músico también. No podemos seguir siendo la comidilla de la gente. El arzobispo Rutternerm cuestionó si éramos realmente una familia de arraigada educación católica y me advirtió que pondrá en conocimiento del Vaticano las exhibiciones musicales de la niña. Quiere asegurarse de la opinión de la Iglesia al respecto, aunque ya me adelantó que cree que no será bien visto. Además, a Maria Anna le faltan pocos años para cumplir la mayoría de edad, y debemos enfocarnos en su matrimonio.

—Y ¿cómo tomará tener que dejar la música? ¿Qué le diremos? —arguye la madre.

—Que es lo mejor para su futuro y que debe volcar todos sus conocimientos musicales en su hermano.

—Está bien. No te preocupes, Leopold, me encargaré de que así sea. Además, debo empezar a enseñarle a coser y a preparar el ajuar para la boda; ya tiene catorce años. Debemos demostrar que la hemos educado a la perfección para su rol de esposa y madre.

—Hablaré con el señor Weber. Tiene un hijo soltero, podría estar interesado en ella. Sería un casamiento muy beneficioso para nosotros y le aportaría una vida tranquila a nuestra Maria Anna —explica Leopold.

Años más tarde, las enredaderas ya no trepan al segundo piso de la casa, han decidido amontonarse en el banco del jardín para que nadie pueda sentarse. Parece un acto de rebeldía por su parte, su manera de oponerse a lo que va a acontecer esta tarde: una boda. Una boda no deseada por la novia pero muy deseada por sus padres, puesto que el enlace va a saldar las deudas de la familia Mozart. Las enredaderas no hablan, pero sienten, y están enfadadas porque se les acabó el hilo musical a golpe de imposición.

Nannerl las observa desde su ventana mientras ultiman los detalles de su velo, sonríe tímida ante el pensamiento del posible boicot de sus amigas las plantas del jardín. Así se siente menos sola, ellas le recuerdan quién fue; ellas, que junto a sus muñecas fueron su público más fiel y su aplauso constante, le recuerdan que nunca han aceptado su retirada. La joven se despide de ellas moviendo suavemente los dedos hacia el cristal. Piensa en la suerte que tienen de no tener un sexo definido, así siempre podrán ser libres para decidir si son enredaderas de fachada, de portón o de valla. Ellas, con su peculiar carácter, decidirán su rumbo y destino.

Nannerl se lamenta: «Ojalá fuera libre».

«Quizá en otra vida, bella Maria Anna; en esta no será», parece susurrar el viento, a favor y cómplice de sus padres.

Maria Anna Mozart ~ MÚSICA Y COMPOSITORA

Fue una niña prodigio. Genio musical multiinstrumentista.
Destacó en el clavecín, el piano y el violín. Su padre, Leopold
Mozart, la llevó por muchas ciudades, como Viena y París, para
explotar su talento. La obligaron a retirarse de la música a los
catorce años para casarla. Los textos sobre ella resaltan su carácter dócil, pues se sacrificó para salvar a su familia de una situación económica desesperada a través de su boda. La historia
la relegó a «hermana de Mozart», de quien fue maestra e inspiración. Cuando le preguntaron si había algún músico vivo que
lo superara, él escribió: «Siento que jamás tendré el talento de
mi hermana Nannerl para la composición».

Verso inspirado en Nannerl

Y te dije adiós
como el que se va para siempre,
como el que promete un «nunca».

No miré atrás ni para coger impulso
ni para recuperar el pulso.

Te dije adiós con las manos vacías
y las espinas llenas.

Y al verte alejarte
grité con enojo:
«¡Adiós, niñez mía!
Gran mentirosa
de pájaros ciegos
sobre cabezas huecas;
no vuelvas con promesas
que no puedes cumplir
ni batallas que no podrás ganar».

—A la niña engañada

Reflexión a partir de Nannerl

«Los chicos no lloran» o «llora como una nena» son frases comunes en nuestra habla de hoy. Y son la semilla de un pequeño árbol que nacerá torcido y, por ende, de un bosque que permanecerá enfermo. Cada una de estas frases grita que las niñas somos débiles. Y por eso, si un chico, con diecisiete años, llega los fines de semana a casa a medianoche, a su hermana de la misma edad, probablemente, por ser mujer, le exigirán que llegue dos horas antes. Eso se denomina machismo paternalista. No es menos cierto que las mujeres estamos expuestas a más agresiones, según relatan las estadísticas en todos los países[1], pero deberíamos poder

---

1 Según datos de la ONU Mujeres.

vivir en una sociedad que nos proteja más y el miedo a caminar solas por la calle ya debería tener solución. Así cualquier chica podría disfrutar de la música, de sus amigos o de lo que le apetezca al mismo tiempo que su hermano, y nuestros padres dejarían de educarnos de forma diferente. De momento, esa protección bienintencionada existe y nos hace reforzar la fatídica idea del «sexo débil».

También el padre de Nannerl, ya en el siglo XVIII, pensaba que educar a un hijo era distinto a educar a una hija. Y seguramente, en un afán de «proteger» a su fémina de habladurías o de ser señalada con el dedo por la Iglesia, que en ese momento era el desprestigio más grande que podía acontecer a una persona, decidió que era mejor casarla. Y es que el machismo religioso también era (y es) un gran protagonista de la época (y de todas las épocas).

El profesor universitario Martin Jarvis señala que ha encontrado escritura musical de Maria Anna en las primeras composiciones atribuidas a su hermano y respalda que: «Como niña en el siglo XVIII, era muy impro-

bable que Maria Anna pusiera su nombre en alguna de sus composiciones, no se lo habrían permitido». A su hermano menor, Amadeus, sí se lo permitieron. Es de todos conocida la precocidad que define a la figura de Mozart, que supuestamente compuso su primera obra con cinco años. Evidentemente fue un genio, eso nadie lo puede cuestionar, pero esa precocidad mezclada con la falta de obras registradas de Nannerl, quien era mayor que él y un genio musical tal como definía su herma- no, hace pensar a algunos musicólogos que quizá hubo mucho de Nannerl en esos primeros años de Mozart, aunque no lo digan los registros. También me entristece lo increíble que es el hecho de que dejaron a un niño de cinco años registrar obras antes que a una mujer.

Y es que tal y como recoge Pascual Muñoz Muñoz, doctor por la Universidad Politécnica de Valencia, en su tesis «Violencia cultural en la mujer», la historia ofre- ce mucha información que coloca al género femenino como pieza inicial de este hermoso arte. Empezando por la compositora inglesa *dame* Ethel Smyth, que de- fiende que la música se inició en el paraíso cuando Eva sopló una caña hueca y Adán le dijo que no molestase con ese horrible ruido agregando: «Además, si alguien tiene que hacerlo, ese soy yo y no tú».

Ya en el Paleolítico, en el 24 000 a. C., encontramos un grabado rupestre en la Dordoña francesa, la famosa Venus de Laussel, donde aparece una mujer tocando un tipo de instrumento de viento llamado cuerno.

En el Neolítico se sabe casi con seguridad que las mujeres, de manera intuitiva, inventaron las canciones de cuna para calmar a sus hijos.

Y en el 1750 a. C., una esclava llamada Bakit fue maestra de música en la corte egipcia.

Del 600 a. C. se sabe que la principal fuente de ingresos de la poetisa Safo eran sus composiciones para ser cantadas en bodas. Safo fue admirada por Sócrates, Platón y Aristóteles.

Roma dio músicas como Octavia, Gala Placidia o la misma Cristina Cecilia, proclamada patrona de la música.

Así las cosas, todo hacía prever que sería un arte dominado por las mujeres. De hecho, la misma palabra «música» deriva del griego *mousiké*, que hace referen-

cia a las musas. Es decir, de nosotras nace este maravilloso universo del que hoy somos tan apagadas. Y os preguntaréis: ¿cómo hemos llegado a este punto? Pues, entre otras cosas, por pensamientos lapidarios como el del papa Inocencio XI, quien, en 1686, declaró: «La música es totalmente dañina para la modestia de la mujer porque la distrae de sus ocupaciones correspondientes». Es decir: barrer y fregar. Este edicto fue renovado por unos cuantos papas más. Y ese machismo religioso ha caminado por los siglos de los siglos, amén, dejándonos aparcadas, como bien muestran las historias de Nannerl, Jeanine Baganier, Clara Schumann… hasta la actualidad. Y para muestra, algunos botones:

Mujeres en los festivales de música españoles 2018[1]:

12,96 % mujeres
13 % equipos mixtos
74 % hombres

1 Según datos de *Mujeres y Música*.

MUJERES QUE HAYAN GANADO UN OSCAR A MEJOR CANCIÓN:

2,5 % mujeres

13,75 % mixtos

83,7 hombres

MEJOR BSO HASTA LA FECHA:

0,75% mujeres

2,25% Equipos mixtos

97% hombres

100 MEJORES COMPOSITORES SEGÚN LA REVISTA ROLLING STONE:

10 mujeres

5 equipos mixtos

85 hombres

Y es que yo misma lo vivo como compositora cada día de mi vida: en los estudios no hay mujeres productoras, arreglistas, mezcladoras, ni en el área de masterización de los discos; apenas hay mujeres compositoras, ya que a los ejecutivos no les gusta que una canción que cantará un hombre haya sido escrita por una mujer. Según ellos, «Las mujeres tienen otra sen-

sibilidad». Sin embargo, las top 3 de nuestra industria latina están cantando canciones compuestas por hombres, evidentemente con lo que ellos quieren que una mujer diga. La música es uno de los movimientos de mayor influencia en la sociedad, ya que afecta a cómo se visten los intérpretes, lo que dicen en las entrevistas y por supuesto lo que cantan. Y desgraciadamente, estamos en una corriente que defiende a la mujer desde un empoderamiento sexual machista y no de un empoderamiento sexual feminista. En pleno 2019, me preocupa llegar a un estudio para componer y que por encima del *beat* sobre el que vamos a trabajar alguien haya escrito, para una estrella femenina del pop urbano, estas palabras para acompañar a la melodía: «Quiero que me riegues con tu manguera toda la noche entera». Tuve que ver con mis propios ojos cómo el ejecutivo de turno, entusiasmado, le pidió chocar la mano al que ideó esa frase con un *Hey man, give me five*. No di crédito, pues, como compositora, entiendo que la música urbana tiene un gran contenido sensual que va unido al género, pero ¿y qué tal si hablamos de

una sensualidad que nos da placer a nosotras y no de una escrita por hombres que nos pone como objetos para que nos «rieguen»? Hice esta pregunta a los ocho hombres que había en la sala y, ante su silencio e indiferencia (miraban sus teléfonos a ver si les había entrado un nuevo *like* en los últimos veinte segundos) decidí irme de la sesión con un «Gracias por invitarme pero me voy». Dentro de unos meses la industria posiblemente consiga que esa canción tenga millones de visitas, pero yo no seré cómplice de un machismo que forma parte del siglo pasado, haciéndole creer a las niñas que tener sexo es ser esclava de los deseos de otro.

Parece que eso es lo que algunos ejecutivos han decidido traducir como «Es lo que las mujeres quieren escuchar». Pero no es la verdad, me encanta recordarles los más de cien millones de *streams* de mi último álbum conseguidos sin arrodillarme a que me «rieguen». Pero cuando me buscan para componer para otras mujeres por la propia repercusión de mi música, tristemente, si no fuese por ese resultado, sería difícil por lo cerrado del circuito, solo soy una chica en una habitación con

ocho chicos que por el hecho de serlo, aunque no hayan conseguido mis números, ya su opinión pesa más que la mía.

Pero yo no me rindo en mi lucha personal y ahora cuando me llaman para sesiones solo trabajo con personas dispuestas a que la norma común sea respetarnos entre nosotros, a la música y a un público dispuesto a vivir de pie y no de rodillas.

Musa IV

Margaret Ann

En el cementerio de Kensal Green hay un silencio más marcado que cualquier otro día. El ruido de los árboles mecidos por el viento parece pedir permiso. El arzobispo Karl Saint Pierre, que rige todas las misas fúnebres del ejército británico, parece un poco confundido, como si le hubiesen hecho un cambio de guion diez segundos antes de salir a escena.

—Permanecerá siempre en nuestros corazones. Descanse en paz.

Acabado el acto, todos pasan y tiran una flor sobre el féretro. Llama la atención un niño que llora desconsoladamente, pero casi sin hacer un gesto. Como si alguien pudiese regañarlo por estar ahí. El pequeño mete su diminuta mano en el bolsillo y saca un sobre que lanza a la caja y en el que hay escrito: «Mamá».

Todos se miran perplejos. Acaban de descubrir que su compañero Barry, con el que habían compartido duros años en el campo de batalla, no era un hombre, sino una mujer.

Ninguno ha podido encajar el golpe todavía. Todos rememoran anécdotas con Barry (Margaret ahora), momentos en los que hubieran podido darse cuenta de quién era realmente. Algunos incluso se recuerdan desnudos frente a él y se preguntan si están lo suficientemente bien dotados genitalmente como para haberla impresionado a... ella. De hecho, a la mayoría es lo único que le preocupa hasta que escuchan las sirenas de Scotland Yard.

Se bajan cuatro oficiales, dos libreta en mano. Ian Blake, máxima autoridad del cuerpo policial, va a llevar el caso.

—Vamos a entrevistar una a una a todas las personas relacionadas con este suceso. Ante indicios de complicidad, serán automáticamente encarceladas. Scotland Yard no descansará hasta que aparezcan los encubridores de esta historia, que es un desprestigio para nuestro país.

El pequeño niño, asustado y confundido, se pregunta si, tal como dice el oficial de la barriga prominente y las cejas gordas, será encarcelado el día del entierro de su madre por ser su hijo y no denunciarla a la policía.

El hombre que tiene abrazado al pequeño por el hombro da un paso al frente.

—Señor, mi nombre es Peter Bulkley y soy el padre de Margaret Ann. Mi hija no cometió ningún delito, si acaso, solo el de querer estudiar en la universidad y, más tarde, servir al ejército británico como doctor en las batallas de Waterloo, la India y Sudáfrica.

—¡Espósenlo! —lo interrumpe Ian Blake—. Su hija burló las autoridades al hacerse pasar por un hombre, dejando en ridículo al sistema.

—¡Mi hija no mató a nadie!

—Falseó un documento de identidad y dejó en evidencia al Reino Unido.

—¿En evidencia? Y ¿qué hay de las miles de vidas que salvó en nombre de la patria? ¿Acaso nadie lo va a tener en cuenta?

—Lo único que vamos a tener en cuenta es el acoso que sufriremos por parte de la prensa internacional.

—Mi hija descubrió la vacuna contra la sífilis, ¿no es eso suficiente?

—Y ¿qué le decimos al Gobierno, que exige responsabilidades?

—Que el único responsable fue el coraje. El coraje de una persona que luchó por un sueño que le fue negado por el simple hecho de ser mujer. Un coraje que nos ayudará a entender que nada es imposible y que mientras neguemos accesos a la universidad a personas con verdadera vocación seguiremos muriendo de enfermedades sin remedio y el mundo continuará retrasado.

—¡Viejo loco! ¡No sabe lo que dice! ¿Mujeres en las universidades? ¿De qué demonios habla? ¿Quién cuidará de nuestros hijos? Eso sí sería un retraso. Coraje es salir a las calles a pelear contra maleantes y construir un país que cumple las normas. Eso es coraje y es exactamente lo que hacemos en la policía.

—Coraje es arriesgar tu propia vida para salvar la de los demás. Mi hija aceptó el riesgo de intentar curar a un enfermo de fiebre amarilla, y no solo no lo consiguió, sino que murió al contagiarse. Mi nieto se ha quedado sin madre, pero el mundo ha ganado un ejemplo a seguir de superación y agallas. Además de todos los conocimientos que ha dejado.

—¡Cállese! Ya he escuchado suficiente. Lo acuso de complicidad en un cargo de suplantación de identidad con agravante de falso testimonio y desacato a la autoridad.

En esta historia, el padre de Margaret Ann estuvo preso más de una década. El niño fue entregado a la Iglesia, pues carecía de un familiar que se hiciese cargo. Todos los domingos lo obligaban a rezar y a pedir perdón en nombre de su madre por el «mal» que había hecho mientras miles de personas salvaban la vida gracias a los descubrimientos que esta dejó.

Margaret Ann Bulkley / James Barry

MÉDICA DEL EJÉRCITO BRITÁNICO

Tuvo que hacerse pasar por un hombre (bajo el nombre de James Barry) con el fin de poder estudiar en la universidad y, más tarde, ser aceptada como doctor en el ejército. Murió en 1865 y en la preparación para la inhumación de su cadáver se descubrió que era una mujer, incluso se encontraron signos de haber tenido un embarazo. Aun así, decidieron enterrarla con su nombre masculino para evitar más polémicas.

Margaret Ann descubrió la vacuna de la sífilis y realizó una de las primeras cesáreas que se conocen en el mundo. Su expediente médico estuvo embargado durante cien años y los tabloides de la época titularon su caso como una «vergüenza nacional». Hoy en día, la comunidad científica reconoce que, si Margaret Ann hubiese sido hombre, le habrían otorgado el mérito al descubrimiento del siglo, ya que la sífilis era una de las enfermedades que más muertes generaba en la época. Aún hoy, millones de personas contraen sífilis al año.

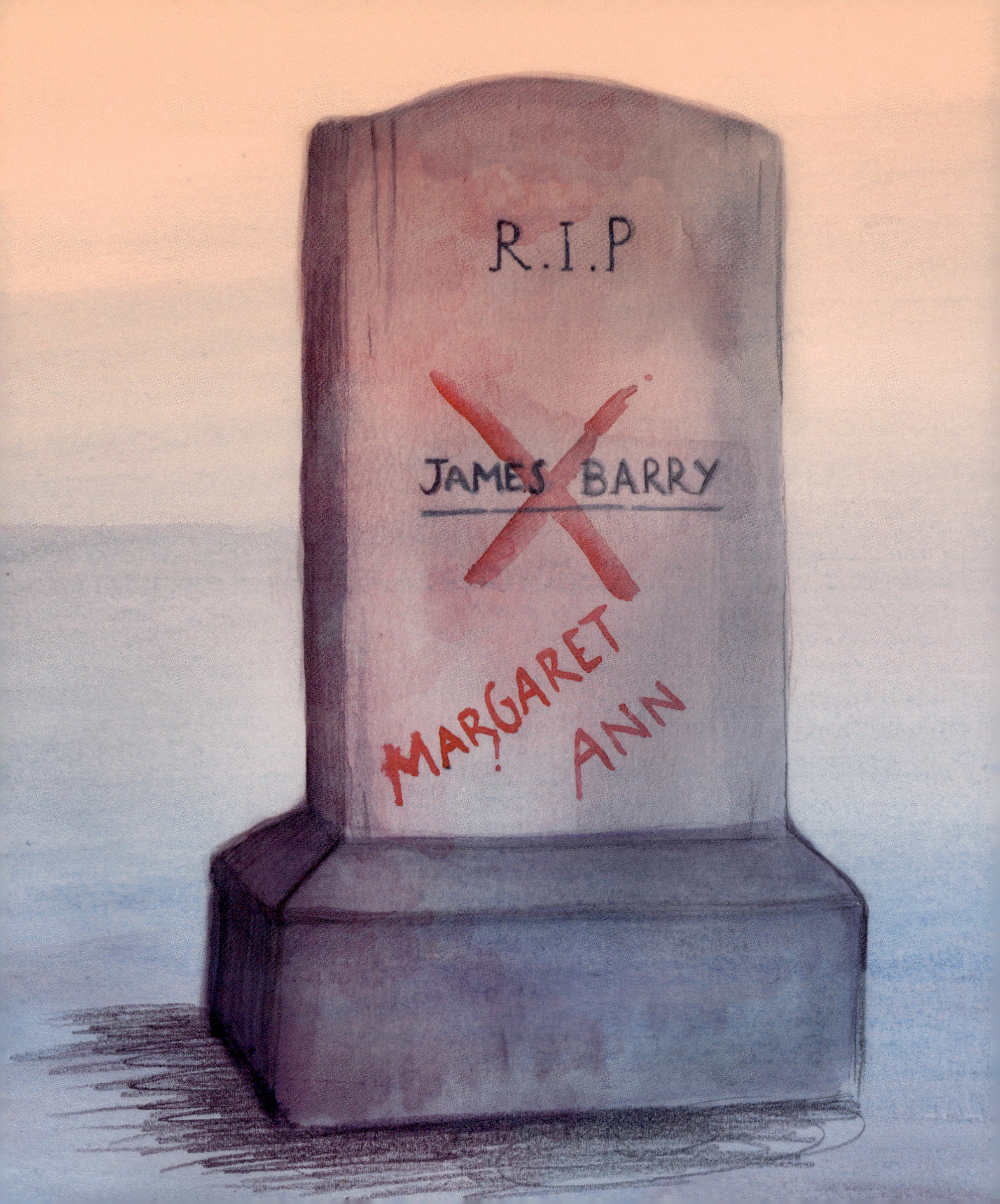
R.I.P
JAMES BARRY
MARGARET
ANN

Verso inspirado en Margaret Ann

Soy TEJIDO dormido
sobre kilos de abandono.

Soy la CÉLULA sembrada
sobre un cuerpo sin abono.

Soy ÓRGANO escondido
con secretos en mi espalda;
soy la ciencia y la mentira,
soy verdad sobre la cama.

Anatomía que limita,
corazón que se destapa.
Humanidad que con su tinta
sobre papel se deshidrata.

Menos tinta y más querer.
Menos tinta y más abrazos.
Menos tinta, que el papel
ya no aguanta más rechazo.

—Anatomía mundana

Reflexión a partir de Margaret Ann

El GPS dejó de funcionar en el túnel de la M-30. A pesar de haber nacido en Madrid, he pasado tantos años fuera que no consigo aprenderme las salidas. Me equivoqué de carril, y eso hizo que el coche apareciera en los alrededores del hospital San Rafael. Karla iba sentada a mi lado. Quise contarle alguna anécdota de mi infancia, pues ese era el hospital para todas las respuestas de mi madre. Si me dolía la garganta, «vamos a San Rafael»; si me dolía una muela, «en San Rafael seguro que habrá un dentista de urgencias». Recuerdo contar las sillas de la sala de espera una y otra vez y tratar de calcular el número de virus concentrados en aquellos veinte metros cuadrados.

Pero rápidamente cambié de pensamiento y me centré en Karla, que, con apenas veintisiete años, lleva-

ba ocho esperando un trasplante de riñón. Decidí callar y no hacer ningún comentario «divertido» que incluyera la palabra hospital.

—Karli, ¿cómo vas con lo del trasplante, mi vida? ¿Sabemos algo nuevo?

—Sigo esperando, tiene que coincidir mi grupo sanguíneo con el del donante, y parece que el mío no es muy común.

En ese momento sentí una punzada en el corazón por Karla y me planteé la importancia del grupo sanguíneo, traté de recordar cuál era el mío, y me pregunté cómo algo tan importante no aparece en nuestro DNI. Entiendo que el DNI debería definir cosas relevantes, y algo que te puede salvar la vida en un momento determinado o en una situación de emergencia, donde necesites una transfusión y tú ni siquiera puedas comunicarte, me parece lo suficientemente significativo. A raíz de eso, empecé a repasar lo que dice de nosotros ese rectangulito de plástico que se raya. E imaginé ese momento en el que algunos «grandes señores importantes» se reunieron para determinar lo que debía apa-

recer en él y lo que no. Me di cuenta de que, para ellos, el género debía ser de absoluta importancia, puesto que ocupa la línea tres. Es decir, después de tu nombre y apellidos, y antes del lugar y de la fecha de nacimiento.

Me vino a la cabeza Yotuel, mi compañero de vida y de viaje, mi amor y mi referente en el activismo personal. Yotuel es de raza negra, y gracias a mi convivencia con él y a nuestro hijo mulato, analizo todo lo que tiene que ver con las definiciones de raza de una manera más detallada. Imagino cómo se enfurecería si en la línea tres de su DNI especificara «NEGRO». Y no es que ser negro no le resulte lo más maravilloso que tiene como rasgo físico, sino que creo que lo sentiría como una discriminación racial, ya que el mero hecho de que esa información ocupe la línea tres del DNI revela que algún señor, por supuesto blanco, necesitó separar el «nosotros» del «ellos» o del «otro». Vamos, los «suyos» de los «menos suyos».

No es que piense que el género no deba aparecer en el DNI, quizá sí. Pero pongo en duda la razón por la que está reflejado ahí. Creo que se tomó esa decisión

en un momento en el que había un machismo institucional muy marcado y las mujeres no podían votar, ni estudiar, ni abrir una cuenta en el banco. Creo que era imprescindible que las mujeres no pudieran valerse de artimañas (hacerse pasar por hombre, por ejemplo) para engañar a alguna entidad pública y conseguir privilegios que le eran negados. Lo que quiero cuestionar es (y lanzo esta pregunta al aire): si realmente estamos en un mundo que camina hacia la igualdad, ¿no creéis que el género es un rasgo biológico que no define nada suficientemente relevante para un trámite legal? ¿No deberíamos poner, como rasgo realmente importante, el grupo sanguíneo, que puede salvar nuestra vida en caso de accidente? ¿No nos definen más, si la razón es definir, otras cosas? ¿Por qué es más importante ponerme frente a un señor que no comprobará mi genitalidad y que este sepa, gracias a la línea tres de mi DNI, lo que tengo entre las piernas? Y lo más esencial, ¿es relevante (en un momento donde tu género no define ni tu manera de vestir, ni de pensar, ni de actuar) que eso sea un rasgo principal que describe a las personas?

Nuestros genitales son un minúsculo tanto por ciento de nuestro cuerpo. De seis líneas que me definen a grandes rasgos, ese pequeño tanto por ciento parece describir algo sumamente importante frente a las autoridades. Además, existen los cambios de sexo; con lo que no es un rasgo decisivo, como el color de los ojos, que no puede ser alterado.

Entonces, ¿por qué aparece en nuestro carné? Durante semanas, hice esta pregunta a varias personas de mi entorno, y la única respuesta que me convenció un poco fue que es una suerte de censo. ¿No sería interesante también censar a los altos y a los bajos? ¿A los blancos, asiáticos y mulatos? ¿A los rubios y a los morenos? Un amigo incluso me dijo que le parecía un pensamiento radical, el mío; entonces pensé en el padre de Margaret Ann cuando, según los jardines de mi imaginación, tuvo el valor de enfrentarse al jefe de policía y cuestionar por qué las mujeres no podían estudiar en las universidades y pensé: «Benditos los pensamientos radicales si son para que nos paremos un momento a reflexionar».

Musa V

Waris

El olor a patatas fritas da la vuelta a la manzana. Desde un vertedero de bandejas de plástico junto a una papelera, Waris observa a unos niños y a sus padres sentados en los bancos del McDonald's. Mientras limpia restos de kétchup de la pared, no puede dejar de admirar a esa familia y piensa que, si la felicidad existe, debe de ser algo parecido a eso. Enfrentarse a esa nueva cultura y compararla con su África natal, a miles de kilómetros de ahí, se ha convertido en un ejercicio rutinario y constante para ella. De repente, y mientras barre las hojas del suelo que hay junto a los toboganes, se vuelve niña y sonríe para sí, imaginando que deja la escoba y se lanza, con los ojos cerrados, por ese tubo que cae en una piscina de bolas. Le gustaría saber qué se siente al tirarse, sentirse niña también, pues no tuvo infancia y a veces, como hoy, desea recuperarla. Valora la protección de esos padres a los que observa, preocupados porque sus hijos no anden descalzos y se lastimen, y pide perdón a su niña interior por no haber experimentado jamás eso. Pero esa pequeña niña en ella no la escucha, duerme desde los trece años, cuando su padre intentó venderla por cinco camellos a un señor cuarenta años mayor que ella y Waris tuvo que huir, convirtiéndose en mujer de la noche a la mañana.

Esa tarde, mientras bloquea el baño de los hombres con un cartel de NO PASAR, un señor pelirrojo con gafas de pasta le pide que le deje entrar con cierta urgencia. Waris, de belleza sobrenatural, se vuelve hacia él y dice:

—Un momento, por favor.

Aunque han sido pocos segundos, Terence, el hombre pelirrojo, se ha quedado tan impactado que cree que ese rostro perfecto lo ha mirado a cámara lenta durante minutos. Ha sido capaz de memorizarlo e imaginar más de doscientas fotos en las que esa muchacha posa. Su intuición despierta, ha encontrado a su musa. Por eso, cuando Waris termina de limpiar y saca un cubo de basura al callejón trasero, se encuentra a Terence esperándola.

—Hola, mi nombre es Terence Donovan, soy fotógrafo profesional —empieza este, acercándose lentamente a ella para no asustarla—. Trabajo con modelos. ¿Cuánto mides?

—Hola, señor. —Waris acepta la mano que le ofrece el hombre y se la estrecha con delicadeza, no sin antes secarse con el delantal.

Es entonces cuando, en el rostro dc ese extraño, ve la imagen del león del desierto que quiso atacarla hace apenas unos meses. Ese día le prometió a su poderoso Alá que, si la libraba de una muerte segura en garras de ese animal, se esforzaría por conseguir ser alguien relevante. Waris entiende la visión como una señal, la del inicio de un futuro soñado.

—Mido uno setenta y cinco, señor.

—Perfecto. Si quieres cambiar tu vida, te espero mañana por la mañana en mi estudio. A las ocho. Si te vas a sentir más cómoda, ven acompañada.

Han pasado más de dieciocho meses desde ese día. Waris ya ha sido una de las protagonistas del calendario

Pirelli y es imagen de prestigiosas marcas como Versace, Chanel, Cartier o L'Oréal... Su ascenso es meteórico y todas las marcas se pelean por ella mientras el mundo entero embellece las estaciones de autobús con su cara.

Es 16 de julio de 1985, suena el despertador y Waris se despereza. No es un día cualquiera, este día está marcado en el calendario para ella y para toda la comunidad negra. Hasta el café le parece más rico; el agua de la ducha que, tras el desayuno, cae por su espalda la percibe como un bálsamo de miel y vainilla.

—Lo conseguiste —dice en voz alta al salir del baño, dirigiéndose a su propio reflejo. Desnuda ante el espejo, toalla en mano, se mira fijamente a los ojos—. Bienvenida a tu «futuro relevante». Ahora que has logrado ser visible, sé un altavoz y lucha por lo que verdaderamente te importa.

Ya vestida toma un taxi y llega a una nave industrial donde se va a celebrar una sesión de fotos, allí no dejan de llegar flores para ella. En la puerta de la nave, un grupo de mujeres de raza africana grita emocionado. Llevan en la mano carteles de apoyo en los que se lee: «GRACIAS,

FLOR DEL DESIERTO». Así la llaman cariñosamente los medios de comunicación. Hoy Waris va a hacer historia: es la primera mujer de raza negra que será portada de la revista *Vogue*. Demasiados agentes se atribuyen el mérito de esta hazaña, pero ella no piensa en eso. Está feliz, muy feliz, no de una manera vanidosa o por su belleza, que la ha llevado hasta ahí; tampoco por haber dejado atrás su trabajo en la cadena de comida rápida, limpiando baños; ni por los miles de mensajes que está recibiendo. Ella está pletórica porque a partir de mañana empezará su verdadera misión, la que nace de sus entrañas.

Al día siguiente ha quedado con Laura Ziv, de la revista *Marie Claire*. Mientras toman un té con leche en una terraza enfrente de la redacción, la Flor del Desierto se adelanta a su entrevistadora:

—Imagino que quieres saber cómo es el mundo de la moda por dentro, ¿no? Que me preguntarás si sufro racismo en las pasarelas, si tengo pareja y cómo cuido mi piel y mi dieta, ¿verdad? Pero antes, respóndeme tú: ¿podríamos hablar de algo verdaderamente importante para mí? ¿Algo de lo que nunca he hablado?

—Soy toda oídos.

—¿Has escuchado hablar de la mutilación genital?

—Pues no mucho, ¿no es algo que se practicaba en algunas tribus africanas hace tiempo?

—Hace tiempo no, y tampoco es cierto que solo se dé en algunas tribus africanas. Se practica hoy en más de cincuenta países del mundo, donde está permitida por ley. Doscientos millones de mujeres en el planeta están mutiladas.

A pesar de su profesión, Laura Ziv no tenía ni idea de todo eso, está perpleja. Siempre soñó con hacer periodismo de investigación y hablar de temas primordiales, pero de momento trabaja en una revista de contenido más ligero, y en su sección acostumbra a tratar con *celebrities* y hablar de lujo y perfección. La salida de Waris la ha pillado totalmente por sorpresa.

—N-no sabía nada.

—Cuando tenía cinco años —cuenta la modelo—, mi madre y mi abuela me sacaron de madrugada de nuestra cabaña, donde dormía, y me llevaron detrás de unos matorrales. Yo esperaba una sorpresa, recuerdo haber soñado que mi tía Wanda venía a visitarnos, y pensé que ella y su perenne sonrisa estarían allí. Sin embargo, todo fue muy diferente, me tiraron al suelo y me quitaron la ropa. Una vez desnuda, me abrieron las rodillas y me ataron los tobillos con cuerdas. Sentí cómo me agarraban de los brazos, con tanta fuerza que tuve la marca de sus dedos en mis muñecas durante semanas. Mi abuela me puso un trapo en la boca para que pudiese apretar los dientes y gritar de dolor sin que se me oyera. Con el rostro empañado en lágrimas, miré a mi madre buscando su piedad. Me pregunté si me estaban castigando por algo que había hecho, y quería quitarme el paño de la boca para pedirle perdón, «Lo siento, mamá; no sé qué he hecho, pero si he hecho algo malo, ¡te juro que no lo volveré a hacer!». Pero el trapo seguía preso en mi boca. Una señora que jamás había visto limpió una navaja manchada de sangre seca en una esquina de su falda y, con ella, me cortó el clítoris como el que corta un limón, sin ninguna expresión en su cara y sin remordimiento, como el que hace eso cien veces al día y esa fuera la ciento una. Fue tal el dolor que sentí que me desmayé. Desperté tres días más tarde, casi moribunda. Y mutilada. Insensible para siempre.

Laura Ziv se ha quedado más fría que su té. Tiene la piel de gallina. No sabe qué hacer... ¿Debe abrazar a Waris, llorar o simplemente quedarse en ese silencio que ahora comparten ambas? Observa a su entrevistada, que ha narrado su historia con la vista fija en un punto de la pared de enfrente y sin hacer ningún gesto, solo el de apretar sus manos al relatar el roce de la cuchilla en su clítoris. Una lágrima cae por la mejilla de la modelo, que la hace desaparecer de un manotazo. Laura tiene la sensación de que no quiere que la vean como una víctima; lo que pretende, únicamente, es contarle al mundo que la mutilación es, aún hoy en día, una realidad. Y debe luchar contra esa atrocidad, intentar evitársela a otras niñas.

—¿Cómo te puedo ayudar yo, Waris? —susurra la periodista, con un hilo de voz—. Dímelo, y lo haré.

—Cuéntalo —le suplica la modelo—. Cuéntalo a tu manera, pero, por favor, no te centres solo en que es la historia de Waris Dirie, sino en que es la historia de millones de mujeres en el mundo.

Después de la entrevista, Waris regresa a Somalia. Siente un halo de culpabilidad, pues todavía retumban en su cabeza las palabras de aquel traductor africano que le ayudó a comunicarse con un doctor en inglés la primera vez que tuvo que ser ingresada en un hospital, por infección vaginal, en Inglaterra. Cuando el doctor le preguntó el motivo de su enorme infección, que se repetía con cada ciclo menstrual debido a tener cosida la vagina, el traductor advirtió a Waris, saltándose su verdadero y único cometido, que no era más que traducir las palabras del doctor: «No cuentes a los blancos nuestras tradiciones, no las pueden entender». Y ella calló. Hablar era como traicionar o fallar a los suyos. Así que, aunque atentara contra su propia vida, no sería ella quien explicase el motivo de aquella barbaridad. No obstante, y a pesar del silencio, sintió la tranquilidad de estar en manos de un especialista que no era la primera vez que veía algo así. Es más, sintió que el ginecólogo preguntaba por si ella necesitaba desahogarse, pero realmente a él no le hacía falta explicación alguna.

Esa sensación de fallar a los suyos aparece de nuevo

pocos días después de su confesión a la revista, así que decide regresar a los brazos de su madre en busca de su aprobación. Pero lo único que encuentra en su abrazo es el silencio de un encuentro muy deseado por ambas. Waris se da cuenta que viven en dos mundos muy alejados mentalmente, pero ninguna quiere empañar esos días juntas. La Flor del Desierto desea con todas sus fuerzas un cambio en la manera de ver la vida de su madre, y la invita a pasar unos meses con ella en Europa. Pero no es posible, se trata de una mujer ligada a una tradición más fuerte que ella, más fuerte que sus deseos, más arraigada que la razón y más intensa incluso que el amor por sus hijas.

 ## Waris Dirie ~ Modelo, escritora y activista

Primera modelo de raza negra portada de la revista Vogue. *Imagen de Chanel, Versace, Cartier y L'Oréal, entre otros. Aprovecha la fuerza de su exposición mediática para luchar contra la mutilación genital, la cual sufrió de niña. Ha conseguido su abolición legal en trece países, es una de las mayores activistas*

y una de las referentes más importantes del mundo sobre este tema. Embajadora de la ONU durante cinco años, recibió uno de los máximos galardones de Francia, la Orden Nacional de la Legión de Honor, entregada a personas con méritos extraordinarios. Su historia dio lugar a una película llamada Flor del Desierto.

Verso inspirado en Waris

Tú, a veces faro, a veces mar;
siempre destino.

—A la libertad

Reflexión a partir de Waris

Cuando tenía diecinueve años participé en un acto organizado por la Asociación de Mujeres Maltratadas de la Comunidad de Madrid. Allí fue donde escuché por primera vez la palabra ablación. Recuerdo estar esperando entre bambalinas junto al actor Jordi Rebellón para cantar una versión que habíamos creado del tema popularizado por Ana Belén *Desde mi libertad*. Estaba feliz de poder regalar a aquellas mujeres tres minutos de celebración de la emancipación a través de la música. Cuando, de repente, llegó ella: una mujer africana de nombre Yanka. Se paró frente al atril, tomó aire y empezó a explicar su ablación con mucha firmeza, como el que ya tiene asentado el dolor en sus entrañas y ahora puede caminar sobre él. Durante los quince minutos

que duró su relato tuve los hombros encogidos y una mano sobre la boca; no estoy segura si parpadeé entre lágrima y lágrima. Yo, que no suelo llorar en las películas y que en ese momento de la vida alardeaba de mi capacidad para soportar las ganas de llanto, estaba allí, petrificada, escuchando, y no podía evitarlo esta vez: lloraba de la sensación de rabia e injusticia que me invadía de la cabeza a los pies. Recuerdo ese relato tatuado en mi cerebro, Yanka hablaba casi sin voz, se la escuchaba gracias a los esfuerzos del técnico de sonido, que subía y subía el volumen de su micrófono. Susurrando, explicaba que en la mutilación que le hicieron de niña no solo le cortaron el clítoris, sino también los labios mayores y menores de la vulva. Recuerdo como explicaba con cierto sarcasmo la «suerte» que había tenido, ya que la cosieron con aguja e hilo, mientras que con muchas otras niñas en África se utiliza el pegamento, y eso produce más infecciones. Mi mente aún adolescente no entendía que compartiera su relato vestida con un turbante y un batón a juego con miles de colores, tal como se suelen vestir tradicionalmente las mujeres africanas;

yo imaginaba que, ante una situación así, no querría saber nada de mis raíces. Pero Yanka me enseñó que mezclar la tierra con la aberración humana no es sano, y que África poco tenía que ver con esa tradición impuesta por el hombre, en ningún caso por la tierra. De hecho, ni siquiera culpaba a las raíces, argüía que había familias africanas emigradas a Europa o a Estados Unidos desde hacía muchos años que recibían otro tipo de educación, pero que acababan regresando en verano con sus hijas a África para realizarles la mutilación genital. Así que, más que un tema educativo, según ella misma exponía, era un tema de machismo, y alzaba la voz cada vez que insistía en este concepto. Explicaba cómo, en su país, los hombres no querían esposas que no fuesen «puras», es decir, mutiladas, pues para ellos las mujeres que sienten placer sexual son «sucias».

Relató cómo fue su noche de bodas cuando una mujer anciana la esperaba, en su habitación preparada para una luna de miel, con una cuchilla para cortarle el cosido que le habían hecho a los cinco años. Dice que fue mucho peor que la primera vez porque, después de abrir

la cicatriz con la navaja como el que abre un regalo de cumpleaños, su marido la penetró sin piedad mientras chorros de sangre resbalaban por sus piernas. El depravado no tuvo en cuenta la falta de sensibilidad genital que ella tenía, tampoco su piel supurando en carne viva; no le importó poner en peligro la vida de su mujer, que lo que necesitaba era ser atendida por un médico. No, había que esperar a que él se sintiese satisfecho en un acto absolutamente denigrante. La trató como el que exprime una naranja y tiene que beber el zumo rápido antes de que desaparezcan las vitaminas. El marido debió pensar: «Yo disfruto la fruta recién abierta, tu vida puede esperar».

Lo peor de todo esto es que no es un acto aislado, es una realidad en el siglo XXI: aún hoy la ablación se practica legalmente en más de treinta países y, en los próximos diez años, treinta millones de niñas sufrirán semejante tortura.[1] Así que cuando alguien cuestione lo «pesado» de este movimiento global de mujeres por la igualdad debemos saber que no podemos abandonarlo

1 Según datos de UNICEF

y que cada una de esas niñas nos necesita, porque en cada avance por la igualdad estamos un paso más cerca de su libertad, entre otras cosas.

Años más tarde de haber conocido a Yanka empecé a concebir este libro y quise relatar una historia sobre machismo por tradición. Cuando imaginaba cómo iba a comenzar mi relato de Waris, volvía a ese momento, en Madrid, cuando tuve que salir a cantar *Desde mi libertad* frente a Yanka, con el estómago del tamaño de una almendra y una sensación de tristeza infinita que me recorría de arriba a abajo y de este a oeste. Quería abrazar a aquella mujer desconocida que se había abierto en canal ante nosotros. Sobre todo, según iba cantando la canción, me sentía incómoda y me daba por pensar qué tipo de libertad se puede sugerir a una persona a la que le han hecho un daño irreversible y que la convierte en presa de una tradición para siempre. De repente, en un acto casi espiritual, o quizá meramente casual, el segundo verso entraba como un bálsamo de ánimo con el que

reponerme y le daba respuesta a mi pensamiento: «Desde mi libertad soy fuerte porque soy volcán. / Nunca me enseñaron a volar pero el vuelo debo alzar». Miré a Yanka con la intensidad y esperanza que nacía de lo más hondo de mí y recordé en el brillo de sus ojos que «La libertad es la capacidad de la conciencia para pensar» y que esa mujer valiente ya se estaba liberando de su tradición al hablar de ella abiertamente. Seguramente era una de las personas más libres que conocería en mi vida.

En el pasillo de los camerinos la abracé con toda la fuerza que me permitían mis brazos temblorosos, y solo alcancé a decir: «Gracias».

Musa VI

Valentina

Un ruido ensordecedor invade Rusia de punta a punta, es la salida del Vostok 6 destino a la Luna. El país entero parece estar resguardándose de una invasión fantasma, no hay ni un alma en la calle, pues todos están pegados al televisor. La gran novedad de este viaje es ella, Valentina; ha sido seleccionada entre más de cuatrocientas aspirantes. Dentro de la nave se escucha el himno de Rusia y la cuenta atrás para el despegue. Valentina todavía no imagina la hazaña que va a realizar: cuarenta y ocho órbitas alrededor de la Tierra en tres días, más que cualquiera de los cosmonautas anteriores, pero no pasará a la historia por eso sino por ser la primera mujer en viajar al espacio.

Unos meses más tarde, Cedric Yokorof, del diario *Komsomolskaya Pravda*, prende su grabadora gris, que tiene más ganas de jubilarse que él mismo. Las declaraciones de la astronauta tras su viaje y el retiro obligado le interesan especialmente, su olfato periodístico le dice que todo lo que se ha contado es un guion de Hollywood y presiente que hay una historia «no oficial» que está dispuesto a desmenuzar.

Valentina entra por la puerta como entumecida, su sensación física es indescriptible, es como si se le hubiesen encogido los huesos, parece una anciana de noventa años a punto de romperse mientras camina hacia la mesa. Cedric le retira un poco la silla para facilitar que se siente.

Valentina le da la mano y con un hilo de voz se disculpa:

—Buenos días. Siento la imagen que puede estar percibiendo de mí, en unos meses estaré bien, pero ahora me estoy recuperando de la pérdida de calcio tan agresiva que sufrí a bordo del Vostok. Además, los médicos dicen que soy muy proclive a tener una hemorragia, con lo que debo cuidar cada movimiento.

Cedric se sorprende, su entrevistada parece estar dispuesta a hablar más de lo que le permiten. La Agencia

Espacial Federal Rusa no estaría contenta de mostrar al mundo una heroína nacional sin capa y sin medallas. El estereotipo hay que respetarlo, es importante cuidar el *merchandising* de los millones de niños que en los próximos meses se sentirán en el país número uno del planeta por haber conseguido lo que ningún otro. En una eterna rivalidad con Estados Unidos, vamos cero a dos, balón para Rusia, aunque su Messi parece el anciano que recoge los vasos de plástico de las gradas después del partido.

Todo esto son señales de que no será una entrevista más.

—Lo primero que quiero aclarar —comienza Valentina— es que no hubo fallo humano por mi parte a bordo de la nave, tal como se ha dicho. Fui entrenada para un reseteo manual del sistema, pero cuando comenzaron los errores no confiaron en mí; tomaron las riendas desde control. Se dice que el viaje no fue satisfactorio por mi culpa... He venido para hacer justicia.

La grabadora deja de parpadear y se prende una luz verde que no funcionaba desde 1933, cuando Cedric sacó el aparato de la caja; creo que hasta la grabadora ha decidido perder el rojo comunista del titileo anterior. El periodista no lo puede creer, aquella mujer que se ha jugado la vida, que tiene los huesos rotos y a la que han apartado de la ciudad para asegurar que el comunicado oficial no sea rebatido, está dispuesta a desmantelarlo todo en defensa propia.

—¿Se siente usted menospreciada? —pregunta.

—No seré yo quien ponga eso en mi boca —responde Valentina, y mira a ambos lados, como temerosa de ser escuchada—; lo que le he dicho es lo único que quiero aclarar. No pasaré a la historia como una cosmonauta que no estuvo a la altura.

La mujer saca una caja de pastillas y, una tras otra, empieza a metérselas en la boca y a tragarse, según puede contabilizar Cedric antes de proseguir con la conversación, media docena de ellas.

—¿Está usted bien, aparte de su problema de calcio? —pregunta el periodista, visiblemente preocupado.

Sin levantar los ojos de la mesa, ella contesta:

—Sí, es solo que estoy embarazada y tengo que tomar vitaminas.

Cedric tiene que recolocarse en el asiento; si analizáramos su lenguaje no verbal, estaría diciendo: «¡¿Es verdad lo que acabo de escuchar?!».

Ella no parece haberle dado mucha importancia al bombazo.

—Perdón, ¿ha dicho que está embarazada?

—Sí, forma parte de un plan de experimentación espacial.

Cedric se da cuenta de que esta es la entrevista de su vida, la que lleva esperando cuarenta años.

—Usted sabe que los experimentos realizados con animales en este campo han salido mal, ¿verdad? Todas las crías nacieron deformes.

—Cuando te avienes a entregarte a una experiencia así, dejas de ser tú para convertirte en una cobaya de laboratorio —dice Valentina. Sus ojos se empañan y, entonces, añade en un susurro—: Por favor, esto último no lo ponga.

Cedric, como buen periodista, no quiere implicarse con la entrevistada; sabe que debe permanecer neutral, objetivo, sin dejar florecer la emoción que lo embarga tras las palabras de esta mujer. Sin embargo, no se contiene:

—Disculpe que me entrometa, pero ¿usted cree que, en su estado, podría resistir un parto?

—¿Y a quién le importa eso? Si muero yo o pierdo a la criatura, analizarán el óvulo fecundado. Eso de por sí ya resulta una investigación válida y de gran utilidad para la ciencia —exclama ella, con la voz entrecortada.

Como en una película de acción, dos hombres vestidos de militar entran en escena, interrumpiéndola. Agarran la mítica grabadora del señor Yokorof y la estrellan contra el suelo, rompiéndola en mil pedazos.

—La entrevista ha terminado —ordena uno de los míster G. I. Joe.

Cedric se da cuenta de que la entrevista de su vida nunca se hará realidad.

Valentina entiende que pasará a la historia como otros han decidido que pase.

Cedric está conmovido, pues su carrera periodística no culminará como desea. Además, su grabadora, amiga y compañera de tantos años, ha muerto.

Valentina se siente una fábrica de embriones y una marioneta a la que cortaron los hilos detrás del telón.

 ## Valentina Tereshkova ~ ASTRONAUTA

Primera mujer en hacer un viaje espacial. La obligaron a quedarse embarazada como parte de un experimento, poniendo su vida y la de su hija en peligro, ya que no gozaba de buena salud física y, tras un viaje espacial, las probabilidades de que la niña naciera deforme, como había sucedido previamente en experimentos similares con animales, eran muy altas. A día de hoy, aún no queda claro si tras los titulares de «Primera mujer en el espacio» quienes la eligieron vieron a una mujer más preparada que el resto de aspirantes o solamente a un experimento humano. La realidad es que estaba sumamente preparada, pues soportó cuarenta y ocho vueltas a la tierra en tres días, más que cualquier otra persona que orbitara antes que ella..

Verso inspirado en Valentina

Y todos decidieron mirar a la Luna
cuando era eclipsada por el Sol.
Así es el humano, amante del que pisa
con alevosía y por traición.

El resto de los días miramos el teléfono
olvidando su belleza y armonía
mientras ella, con su yoga
en cuarto menguante y cuarto creciente,
nos reclama un minuto de atención al día.

Perdón, linda Luna,
tendrán que volver a joderte
para que miremos hacia arriba.
Quizá te ven llena
pero tu alma está vacía.

—El hombre y el morbo

Reflexión a partir de Valentina

Durante mi viaje a China, mi Instagram no paraba de recibir *likes*. A la gente le fascina todo lo que tiene que ver con el imperio del sol creciente. No existe un lugar en el mundo donde uno se sienta más diferente que allí. Nada más aterrizar, ¡sorpresa! WhatsApp no funcionaba. Sentí ese momento de angustia en el que uno piensa: «Dios mío, ¿cómo podré vivir así?». Entonces descubrí que el futuro ya está aquí y que la esclavitud del siglo XXI es cibernética.

Al salir del aeropuerto nos recibió la que sería mi nueva mejor amiga en los próximos días, *miss* Ka. (Su nombre resulta difícil de pronunciar en nuestro idioma, así que, en un afán de solidaridad, se conformó con que la llamáramos así.) Pensar en esa generosidad de

su parte ya hizo que me cayera bien. Decidimos almorzar en el hotel. Pedí agua para beber y me trajeron agua hirviendo.

—*Miss* Ka, ¿me podría ayudar a pedir agua fría?

—¿Agua fría? Agua fría mal para estómago, aquí beber agua caliente porque agua caliente, corazón caliente.

Me gusta la gente que trata de convencerte con razonamientos rimados o frases hechas, eso, por un segundo, hace que su argumento sea mejor que el tuyo.

El jefe de turismo chino en España llegó enseguida. Todos esperábamos a un señor con traje de chaqueta y corbata, pero apareció la copia asiática de Usain Bolt, cinta de Nike en la frente incluida y un micrófono rosa que conectó a su teléfono para cantar *Despacito* en versión karaoke mientras nos grababa con la cámara trasera. Esa fue su manera de recibirnos.

Llegada la noche, *miss* Ka nos preguntó si éramos alérgicos a algo. Contestamos que no, sin pensar ni por asomo que nos llevaría a comer insectos. De haberlo sabido, automáticamente la repuesta anterior habría sido: «No soy alérgica a nada comestible en mi tabla de

lo que consideraba comestible hasta ahora». Me pregunté en qué punto de la pirámide de la alimentación pondría mi tía Merche, apasionada nutricionista, un pinchito de escorpión.

Al día siguiente, mientras íbamos en autocar a visitar los guerreros de terracota, le pregunté a *miss* Ka sobre la falta de democracia en el país. Contestó con el mismo tono que usa mi prima Patri cuando le preguntan cuándo se va a casar:

—No, no, no, democracia no. Democracia división. Nosotros pueblo unido, misma dirección.

—Pero, *miss* Ka, no es justo que ustedes no puedan elegir su Gobierno.

—No, no, China diferente. Nosotros contentos con Gobierno. Economía fuerte. Nosotros creer.

Pensé que ni rimando como Bécquer *miss* Ka iba a convencerme de los beneficios de una dictadura, ni yo iba a convencerla a ella de lo contrario.

Una semana después, y camino a la Gran Muralla, nos empezó a contar la historia de la esposa de un emperador que fue asesinada por tener más dotes de lide-

razgo que su marido. *Miss* Ka terminó el relato con un «Es una pena». En ese momento, sentí que, por primera vez en esos días, *miss* Ka y yo estábamos en el mismo mundo que gira y da una vuelta cada veinticuatro horas. No comprendía sus hábitos alimenticios, sus ideas políticas, la desconexión cibernética con respecto al mundo, el agua caliente ni el concepto de karaoke, pero percibí que, como mujeres, hablábamos el mismo idioma. La historia que contó de esa emperatriz, que, además de asesinada, fue usada como fábrica de embriones (puesto que su matrimonio fue un acuerdo y ella solo debía parir, parir y callar), me recordó a algunas historias de monarquías europeas y matrimonios concertados. La mujer tratada como máquina gestante me hizo viajar hasta mi libreta, donde hacía unos meses había escrito la historia de Valentina. Reviví lo duro que me resultó narrar el relato de una mujer que fue utilizada como un objeto gestante. En ese momento, me di cuenta que hay muchas Valentinas en el mundo, millones de mujeres utilizadas como vientres por sus maridos o familias. Mujeres casadas a edad temprana

porque así las educaron, sin derecho a amar pero con la creencia firme de que vinieron al mundo a procrear. Me consoló pensar que el amor por sus hijos les llenaría muchos vacíos, pero me removió creer que no serían capaces de alzar la voz hacia sus propios deseos. La maternidad debería ser una elección propia. Y deberían existir leyes que protegiesen a la mujer en este sentido. Y es que, claro, si un desconocido te deja embarazada en contra de tu voluntad es violación, pero si quien lo hace es tu marido, amparado bajo el contrato del matrimonio, pues la cosa se complica. No imagino a una mujer yendo a la policía: «Vengo a denunciar a mi marido por dejarme embarazada». Probablemente la recibiría una carcajada del agente o, cuando menos, una mirada escéptica. Aún hoy, anualmente, siete millones y medio de niñas son obligadas a casarse y tienen hijos antes de cumplir la mayoría de edad.[1] Hay cientos de sindicatos en el mundo que defienden a los trabajadores y pelean por unas condiciones laborales mejores,

---

1 Según datos de Save the Children.

por sus derechos y para limitar el abuso de las empresas hacia ellos; pero no conozco ningún sindicato del matrimonio que luche para que ese «contrato» no sea una mera compraventa de seres humanos. Porque la mujer es relegada al uso exclusivo de su cuerpo como fábrica gestante, sin consideración de sus propios deseos. Y la familia no debería tener derecho a entregar a una hija en matrimonio en contra de su voluntad. Nos deberían hablar de esto cuando nos entregan el libro de instrucciones de la vida y deberían hablarle a las niñas de sus derechos en el colegio: el sexo debe ser deseado siempre, aun cuando haya un contrato de por medio. En una relación de dos ninguno debe estar sometido, ambos deben negociar los antojos de cada uno en todo momento. Y es que el matrimonio, ya sea de distinto o del mismo sexo, debería ser un maravilloso acuerdo entre dos personas que, dado su amor, están dispuestas a respetar los deseos y derechos de ambos. Dos personas que, al decidir formalizar ese amor, se entregan, sencillamente, a la voluntad de amarse, respetarse y comer perdices si es posible.

Musa VII

Margaret

~~Mujer de Walter Keane~~

El juicio tiene un retraso de veinte minutos, que parecen veinte días. Margaret espera de pie, no está dispuesta a sentarse frente a su adversario, de pie también, y que dé una imagen de superioridad frente a ella. No piensa regalarle a su verdugo ni un segundo más de vida en el que la pueda humillar. Walter busca su mirada, de pestañas para fuera, arrogante y confiado, de pestañas para dentro está aterrorizado; no ha podido dormir desde que le llegó la notificación con la fecha del juicio. La abogada de Margaret repasa los últimos argumentos, desgraciadamente sabe que no puede equivocarse; el jurado popular está formado por un 80 % de hombres que simpatizan con la actitud de galán italiano mafioso de su archienemigo. «Cuánto mal le ha hecho a algunas mentes cortas la imagen de canalla de Frank Sinatra que ahora todos quieren imitar», se dice a sí misma y entre dientes Margaret. La gran diferencia es que Walter no proviene de familia siciliana ni canta como los dioses. Él es solo un pobre artista al que se le fundió la magia.

Walter enciende su octavo cigarrillo y Margaret, a pesar de odiarlo, no puede evitar acordarse de cuando el doctor le aconsejó que dejara de fumar o acabaría con su vida. Está a punto de acercarse y repetirle, como cuando estaban juntos: «Walter, deja de fumar o acabará contigo», pero enseguida se acuerda del doctor Orson, su psiquiatra, que está tratando de ayudarla con su síndrome de Estocolmo.

Una señorita rubia, carpeta en mano, sale a avisar de que ya pueden entrar en la sala. Al darse la vuelta, Walter la desnuda con la mirada y le hace un escáner de cuello a rodillas que ni en el aeropuerto. Margaret se da cuenta de que ya no le duele, ella ha cambiado. Él sigue siendo el mismo.

Una vez dentro, Margaret ve desfilar a todos los asistentes-traidores de Walter. Prometen, Biblia en mano, que en múltiples ocasiones vieron como este pintaba los famosos cuadros de ojos grandes que lo hicieron famoso a él y esclava a ella. Supongo que con los cheques de cuatro ceros que les habrá dado el patán-*wanna-be*-Sinatra tratarán de comprar una *suite* en el infierno o incluso negociar con Lucifer un cambio a primera clase.

Margaret toma aire, cierra los ojos por unos segundos y se imagina levantándose y gritándole a Catherine, la secretaria mosquita muerta de Walter, que también está mintiendo como una bellaca. «¿Cómo crees que se pagaron tus facturas, tu seguro médico y el colegio de tus hijos? ¡Gracias a los cuadros que YO dibujé mientras tu jefe estaba de fiesta! ¡Desagradecida!» Pero no puede perder los papeles, su abogada le ha dicho que este juez no soporta que se pierdan las formas. Así que «dientes, dientes, que es lo que les jode», cual folclórica española.

Margaret no tiene testigos, todos le han dado la espalda. Nadie quiere enfrentarse al papá del imperio hípster, no es *cool*, y en este mundo de apariencias o perteneces a los guais del poder o no sobrevives en una sociedad plástica como la de Hollywood. Ella supo, cuando Andy Warhol alabó uno de sus cuadros, que nadie querría pertenecer al otro bando el día que tuviese que enfrentarse a él. Pero no hay más soledad que la que uno quiere ver, ella tenía la verdad y la complicidad del karma.

Llega el momento de las cartas sobre la mesa. Margaret no tiene testigos ni nadie que avale sus miles de horas pintando, así que insta a su abogada para que pida dos atriles y pinturas al óleo. Que proponga la única verdad tangible ante los ojos de cualquiera: crear un cuadro de ojos grandes, uno él y otro ella.

Walter se niega. Ella lo realiza en cincuenta y tres minutos.

Margaret keane ~ ARTISTA

Retratista estadounidense conocida por sus cuadros de ojos grandes. Durante doce años su marido se atribuyó la autoría de esas pinturas, que le dieron fama internacional y por las que llegó a cobrar 50 000 dólares por cuadro. Las estrellas más importantes de la época, como Audrey Hepburn, pidieron ser retratadas por él (en realidad ella). Cansada de que él se asignara el mérito de su obra y del trato que le profesaba (la pintora relató que la mantenía encerrada bajo amenaza en su estudio), Margaret pidió el divorcio. En 1986, durante el juicio donde reclamaba ser la autora de la obra, el juez pidió que cada uno pintara un cuadro. Él aludió a un problema en el hombro que le impedía pintar, ella lo realizó en un tiempo récord. Se le reconocieron las obras como suyas, y él fue condenado a compensarla con cuatro millones de dólares.

Actualmente, sus cuadros inspiran a artistas asombrosos como Tim Burton, quien llevó esta impactante historia, uno de los mayores fraudes del mundo del arte, a la gran pantalla.

Walter Keane

Margaret Keane

Verso inspirado en Margaret

Barre los recuerdos,
limpia el cristal de tus ojos,
friega la cubertería oxidada de tu espalda.
Haz tu cama con amantes de seda y almohadas sin
preguntas,
abre las ventanas de tu alma y ventila la humedad,
y si después de todo aún te quedan ganas de amar,
AMA,
pero no recicles telarañas.
Y una vez al día no te olvides de tirar la basura.

—Terapia casera para el rencor

Reflexión a partir de Margaret

Miami, verano de 2017. Quedé con mi amiga Solange en nuestra cafetería favorita de Midtown y, como de costumbre y debido al tráfico de los viernes, ella llegaba tarde. Así que me quedé observando el precioso peinado de una chica de la mesa de al lado y preguntándome cuánto tiempo le habría llevado hacerse semejante obra de arte capilar. Sin casi percatarme, mi pensamiento sencillo se volvió complejo, ya andaba a vueltas con mis complicaciones mentales: tan a gusto que estaba imaginando un cambio de *look* y apenas escuché la palabra «feminismo» ya quise saber de qué tipo de subestimación habían sido víctimas esas pobres chicas, en otra mesa, que ahora acaparaban mi atención. Pero cuál fue mi sorpresa cuando escuché esto:

—Yo ya le dije al mío: «Mira a ver cómo lo haces, que este fin de semana quiero ir a las Bahamas». ¡Chica, que si no le meto el pie no me lleva pa' ningún *lao*!

Me quedé perpleja como el emoji de ojos grandes que no parpadea y decidí analizar bien la frase para entender los mensajes subliminales en ella: «Yo ya le dije al mío (¿"mío"? ni siquiera su nombre, o "mi novio", no, no, directamente "el mío". Denotaba posesión, esa misma que rechazamos): "Mira a ver cómo lo haces (¡importante! en ese "mira a ver cómo lo haces" lo que estaba diciendo en realidad es "búscate la vida porque tú corres con los gastos") que este fin de semana quiero (quiero yo, no me importa lo que quieras tú) que me lleves (no "que vayamos") a las Bahamas. ¡Chica, que si no le meto el pie no me lleva pa' ningún lao!» (porque si no la llevaba él no podía ir ella sola, parecía ser).

O sea, las palabras dirigidas al novio, en su nueva condición de feminista, y aplaudidas por sus amigas, eran un «Haz lo que yo te diga. Y punto».

Me quedé sorprendida, pues me parece que no podemos exigir una igualdad que no nos equipare en de-

rechos sino en «yo a pedir y tú a cumplir». No hemos luchado tanto para que ese sea nuestro uso del empoderamiento femenino. Es decir, asumir el rol del hombre de hace cincuenta años que le decía a su mujer: «Yo decido y tú te callas». No se trata de invertir los roles, sino de igualarnos y respetarnos.

Sí, me sorprendió que el componente dictatorial disfrazara unas bases de dependencia económica claramente sólidas.

En ese momento, y como en esas películas en la que hay un *flashback* en la trama y la protagonista recuerda su adolescencia, me vino a la mente mi madre cuando me decía:

—Hija, cuando quedes con un chico, tú págate lo tuyo. Que no piense que es dueño de nada.

«¡Aaay, qué importante es lo importante!», me digo a mí misma.

Qué importante es lo importante, realmente. Porque Margaret Keane, en el año 1955, era dueña de su talento, pero seguía siendo presa de la dependencia económica

y de su marido, pues hasta los años 70 a las mujeres no se les permitía abrir una cuenta de banco, así que todos los ingresos que generaban sus cuadros le pertenecían a él. No importaba que ella trabajara catorce horas diarias encerrada en un estudio pintando sin ver la luz del sol, al final no era dueña de su esfuerzo, y el miedo a perder lo tenía ella, no él. En ese mundo injusto Margaret no controlaba las ganancias de su obra y seguramente la aterrorizaba agarrar sus cosas y marcharse sin un céntimo en el bolsillo, solo su dignidad, con la que no se paga el autobús.

Menos mal que hoy en día no tenemos ese problema y las mujeres podemos abrir cuentas de banco, aunque seguimos peleando por mejorar nuestra independencia económica y cobrar lo mismo que los hombres en los trabajos. Es algo que parece increíble, pero es cierto; esa es una de nuestras piedras en el zapato y base fundamental de esta lucha que todavía a día de hoy se nos resiste.

Y es que detectar los puntos clave y pelearlos todos a la vez me parece el quid de este proceso y de su éxito.

Pero en esta punta del iceberg debe quedar claro que la nuestra es una reivindicación «humana». De este modo, conseguiremos que el tema sea tratado con la importancia que realmente tiene a nivel gubernamental o social.

El racismo en Estados Unidos fue una lucha que empezó por liberar a los esclavos, por conseguir que pudiesen tener las mismas oportunidades que los blancos: en educación, en sanidad..., en derechos tan básicos como poder ocupar cualquier asiento en los autobuses. El mundo entero escuchó la denuncia de semejante injusticia. Ya con todos los derechos reconocidos (se ha conseguido incluso tener un presidente de color), la raza negra busca empoderarse reivindicando su pelo, su estética... Pero no me imagino a Martin Luther King empezando la lucha hablando de espendrú.

Tengo la sensación, quizá equivocada, de que el empoderamiento de la mujer del que hoy nos hacemos voceras para reivindicarnos se mezcla fácilmente con la apariencia o la elección sexual. En realidad, ojalá no fuera necesario su debate. La sexualidad, si es por pro-

pia decisión, no debería ser debatida en ningún ámbito. Que cada una (y uno) haga lo que quiera con su vida y su cuerpo, que para eso es suyo. Y si te gusta vestir «femenina» o «masculina», o levantar el brazo y que se vea pelo porque decidiste no depilarte más o acostarte cada día con una persona diferente porque así elegiste manejar tu amor y tu cuerpo, pues bien, es un paso más. Pero es un paso dentro de la libertad individual. La libertad sexual o estética no es una lucha exclusiva de la mujer. Muchos hombres también luchan por esa misma libertad; por ejemplo, algunos reivindican su libertad al pintarse las uñas (rasgo que, hasta el momento, parece único de las mujeres). También hay muchos hombres a quienes les gusta maquillarse y no ser juzgados por ello. Es por eso que considero que el feminismo es, concretamente, toda lucha que afecta exclusivamente a nuestro género. El resto forma parte de la libertad individual, un movimiento que nos ocuparía otro libro entero. Aunque entiendo que la estética o la sexualidad vayan de la mano del feminismo (son peleas afines cuya finalidad es sacarnos del cliché de

lo establecido como «lo correcto»), no podemos olvidar que también encontramos feministas tanto en mujeres castas como en promiscuas, por ejemplo, y que esta lucha afecta a todas, ya seamos niñas, monjas, jubiladas... Todas formamos parte de ello, pues el feminismo es un paraguas que nos abraza a aquellas que queremos dejar de ser adoctrinadas o relegadas a un segundo plano. Por eso, para mí, sería importante si pudiésemos marcar el cimiento del feminismo de una manera inclusiva para todas, y pelear unidas para mejorar la vida de millones de nosotras y conseguir los derechos fundamentales que nos faltan.

Musa VIII

Eva

~~Mujer de Adán~~

Como si de una premonición se tratara, el mar embravecido anuncia tormenta. Eva lleva nueve días caminando sin descanso, las heridas de sus pies son ya una suela uniforme que la hace insensible a las piedras. Está exhausta, no encuentra comida. El último huracán hizo que los árboles besaran el suelo, arrancando todos sus frutos. Eva calcula que hasta dentro de tres semanas no florecerá nada comestible alrededor. Adán está más débil que ella, pues en los primeros días del desastre nadó sin descanso buscando peces para poder alimentarse; pero no hubo suerte. Los animales han huido. Es la supervivencia de las especies. Temerosa, Eva da unos pasos, cree que Adán, tumbado con los ojos cerrados, puede haber muerto. Se abalanza sobre él y lo abraza, le gustaría poder intercambiar su pena por la del hombre al que ama para que este deje de sufrir; ella aguanta bien el dolor físico. Las punzadas que siente en el corazón al ver a su amado así las soporta peor. Invoca a su Dios, que desde hace noventa días parece haberse tomado unas vacaciones, le suplica: «Por favor, mantenlo con vida». De pronto, una luz entre las nubes ilumina lo alto de una loma que había pasado desapercibida a sus ojos. Eva se acerca a ella. Desconoce ese lugar, y eso que ha recorrido todo el Edén. ¿Cómo es posible que Adán nunca se lo mostrara, que ella no lo descubriera? Al subir la loma, una serpiente de sonrisa amable le señala un hermoso árbol de brillo celestial que le tiende una manzana. Puede sentir de manera muy clara cómo la rama en forma de brazo se dirige hacia ella, parece incluso que las ramillas formen una mano con la palma hacia arriba para ofrecerle el fruto. ¡Eva no lo puede creer, su Dios misericordioso se está apiadando de ellos, ha escuchado sus plegarias! Arranca la manzana y vuelve la vista al árbol, en busca de más. Es entonces cuando se da cuenta de que solo hay una. Aunque está hambrienta, en un acto de amor infinito decide no comérsela para dársela a Adán, que está a un hilo de morir a los pies de la costa. Eva exprime sus últimas fuerzas y empieza a correr. Se cae hasta en cinco ocasiones, la sangre gotea de sus rodillas y le produce picor. Pero no es momento de parar, piensa que Adán puede empeorar y desea llegar con el manjar para poder salvarlo.

Se sitúa junto a su amado y comprueba que tiene pulso.

—¡Mira lo que nos ha dado nuestro creador!

Con escasa energía, Adán abre una rendija los ojos y también la boca, dispuesto a morder. Al ver que se trata de una manzana, se detiene. Eva no entiende qué ocurre. Adán solo alcanza a negar con la cabeza; es incapaz de articular una palabra.

Eva, que entiende su negativa como un «No tengo fuerzas ni para comer», decide introducir la manzana en su propia boca con el fin de masticarle un pedazo, para que su compañero no deba esforzarse. Se lo ofrece de sus labios con tanto afecto que hasta el mar se vuelve manso y la brisa deja de azotar su pelo para acariciar su rostro. Ese roce de labios con cada trozo que Eva mastica para su amado es el acto de amor más grande del que la naturaleza ha sido testigo jamás. Ella ya no siente hambre, ver cómo el rostro de Adán recupera el color según avanza la glucosa por su sangre le alimenta el alma.

Desde lo alto, el sol otea la escena empujando las nubes, que también se amontonan para observar desde la platea. Es la primera vez que la humanidad contempla cómo el amor incondicional triunfa sobre la supervivencia de uno mismo, sobre los instintos animales básicos del «Quítate tú para ponerme yo».

Desde hoy el mundo será un lugar mejor.

Gracias, Eva.

 Eva ~ PERSONAJE DEL GÉNESIS

Según ese texto, nació de una costilla de Adán y fue la primera mujer de la Tierra. Castigada por la historia (y, en consecuencia, castigadas todas las mujeres) por morder una manzana, un acto de desobediencia y rebeldía que trajo la desgracia a la Tierra.

El relato está lleno de incongruencias, la primera, que en la época que se describe no había manzanas en la zona definida como los jardines del Edén. Aun así, la narración se sigue dando como veraz, y se cierran los ojos ante el papel de Eva: su única «gesta» es haber sido la culpable del fin de paraíso, justificando, así, la discriminación de la mujer en la religión.

Génesis 1:27

Verso inspirado en Eva

Tanto te habité
que inmigración me retiró
la residencia de mi alma
por falta de días.

—Emigrar

Reflexión a partir de Eva

El pecado de Eva como justificación al castigo de todas las mujeres de la historia me hizo reflexionar sobre la subestimación. A partir de esta fábula del Génesis todas las mujeres hemos sido infravaloradas.

Estamos en un momento donde los términos machismo y feminismo ocupan gran parte de nuestro vocabulario cotidiano. Eso es maravilloso, abrir el baúl de lo establecido para quitarle el polvo y empezar a sacar todo lo que hay dentro para debatirlo y sacudirlo. Es tan escaso el debate que ha habido durante tantos años, incluso siglos, sobre el tema, que ahora las distintas generaciones empiezan a expresar sus variados puntos de vista sobre él. Cuando era pequeña, relacionaba erróneamente el feminismo con algo así como ser radical o querer ense-

ñar tus pechos en el Congreso mientras te graban los del telediario. Recuerdo haber escuchado, de adolescente y entre mis amigas, la frase «No soy feminista, yo defiendo la igualdad». Hoy en día, todos deberíamos tener claro que feminismo, tal como dice la RAE, es igualdad, no superioridad de la mujer con respecto al hombre, y machismo, superioridad del hombre con respecto a la mujer.

Para mí, el machismo es un tipo de subestimación, «Eres menos por ser mujer», dentro del cuadro de subestimaciones general. El ser humano es un animal de liderazgo, hay personas que no son capaces de construir dicho liderazgo a partir de sus valores y tienen que alimentar su autoestima pisando la del otro. Estas personas se valdrán de cualquier rasgo que consideren inferior de quien tienen enfrente para colocarlo un escalón debajo de sí mismos. Pero es la inseguridad, no conseguir liderar a partir de sus capacidades, lo que los obliga a menospreciar al resto. Es como ser alto; tú puedes ser alto gracias a unos tacones o puedes arrodillar a los demás para conseguir el mismo resultado. Esas personas capaces de hacerte sentir que tú, por ser mujer, es-

tás un escalón por debajo, harán el mismo ejercicio con una persona de otra raza, condición sexual, con menos poder adquisitivo, etcétera, porque lo que está mal es su percepción del liderazgo. Para explicarlo mejor, dos anécdotas que retratan otras subestimaciones que he experimentado de la mano de este tipo de personas.

La primera se centra en Estados Unidos, donde resido desde 2010. Allí he descubierto lo que es pertenecer a esos veinte centímetros por debajo del hombro simplemente por mi acento. Contables, abogados, directores de banco..., incluso el señor que te muestra su casa para que la alquiles. No soy de allí, así que no importa si soy la clienta y estoy pagando un servicio, en muchas ocasiones me he sentido inferior. Es un tipo de menosprecio racista que encuentro hasta en las cosas más insignificantes, como los servicios de llamada, donde la opción 2 de «servicio en español» no tiene siquiera la musiquita de espera que suelen poner en la opción 1, la de «hablar con un operador en inglés», donde puedes escuchar una agradable melodía sacada de alguna *playlist* de Spotify titulada seguramente «Feel good». Imagino que el que

desarrolló el sistema tenía prisa por almorzar y, cuando llegó a ese punto, dijo: «Los de la opción en español sin musiquita, no importa». Así que te pueden tener cuarenta minutos esperando en silencio con una voz que acaba siendo desquiciante y que cada dos minutos repite: «Su llamada será atendida en breve». Si hubiese sido un latino quien hubiera desarrollado el sistema, habría dicho: «Cuando marquen 2, la musiquita la cambiamos por alguna canción de Alejandro Sanz, Rubén Blades, Orishas o Juan Gabriel». Eso habría sido un lindo detalle con los clientes hispanohablantes. Pero no, ser latino en Estados Unidos es una ubicación constante en la opción 2, segunda división, incluso banquillo. Desde lo más pequeño hasta lo más complejo, como los miles de niños enjaulados en las fronteras a falta de una regularización en los papeles migratorios de sus padres. Parece increíble que un país tan poderoso como Estados Unidos permita separar a esos niños de sus progenitores y los que lo permiten sigan creyendo que esa es la evolución del «primer mundo». Afortunadamente, también es un país lleno de personas enfocadas a ayudar a los más necesitados. Pero

todavía queda un largo camino que recorrer para que los latinos dejemos de ser pasajeros en turista, sin asientos, en un avión en el que los demás viajan en preferente y escogen entre zumo de naranja, champán o Coca-Cola Light. Eso sí, todos pagan el pasaje al mismo precio, porque el IRS no hace descuentos en las últimas filas.

La segunda, sin embargo, aconteció en Madrid, donde me crié en un barrio de clase trabajadora. Mis padres tenían tres trabajos a la vez para poder disfrutar, con suerte, de unas vacaciones de quince días y de un coche de segunda mano. A pesar de no vivir en la abundancia, siempre fui feliz, y no recuerdo que me haya faltado nunca nada, porque también mi madre me hizo ser muy consciente desde siempre de lo que se podía y de lo que no. A pesar de las carencias, nunca me sentí mal por ello, ni menospreciada, hasta que, con diez años, llegué a la mejor escuela de danza de Madrid para hacer la carrera de la Royal Academy of Dance. Venía de una academia muy humilde en mi barrio de Hortaleza, pero con unas profesoras excelentes, Mamen y Ana, que me prepararon tan bien que en mi prueba de acceso a la Royal conseguí

que me saltaran varios cursos. Aún recuerdo el olor de esa nueva escuela al entrar, como a madera delicada, y los pasillos llenos de niñas que caminaban a saltitos, como si el suelo quemara. Llevaban unos moños impecables y unas horquillitas de brillos alrededor que me parecían preciosas. Imaginaba que eran un broche antiguo de algún familiar de la alta sociedad convertido en adorno para el pelo. Yo, con mi chándal del Pryca y mi maillot estilo *Flashdance*, mi supergoma gigante y de colores que usaba para rodear mi moño y mi flequillo (pausa dramática... ¡importante!, porque yo no metía el flequillo en el moño, «Por Dios, ¡que sienta fatal!»), entré en clase (no sin antes hacer un *split* en el pasillo mientras, de reojo, observaba a las otras niñas mirarme y susurrar entre ellas). Yo, con mi *split*, me defendía de su clasismo y les marcaba el territorio; en mi mente les decía: «A ver, pijitas, que yo sé de qué va esto; ¿qué os creéis?». Recuerdo ese día como la primera vez que, conscientemente, me enfrenté a la subestimación por clase social. A los diez minutos de empezar a bailar, *miss* Lizz, la profesora, ya me estaba ubicando en situación y tiempo:

—¿Es usted Beatriz Luego?

—No, Luego no, Luengo —contestó mi yo más tímido y amable mientras escuchaba risitas al fondo de la sala y la insoportable Caroline, una niña rubia de 1'75 de estatura con doce años, susurraba al tiempo que se reía: «Ja, ja, ¿cómo ha dicho? ¿Luengo? ¡Qué horror!». Yo la miré con cara de «Cállate» y me preguntaba cómo podría ganarla en un enfrentamiento físico con semejante altura, cuando yo tenía nueve años y por aquel entonces media un humilde 1'25. Pero mi abuela me había repetido hasta la saciedad que no dejara que nadie me pisoteara. Así que ahí estaba yo, manteniendo mi mirada amenazante.

Unas semanas más tarde, en el vestuario, me preparaba para una clase de moderno cuando Caroline se levantó con aires de grandeza mientras yo me ataba los cordones.

—Mírala —exclamó, para hacer partícipe de su burla a todo el vestuario—, lleva unas zapatillas que dicen «Góndola». ¡Qué cutre!

Góndola era una marca que imitaba a mis soñadas Reebok Classic, que todas tenían menos yo. Pero nadie se había dado cuenta hasta que Palo de Escoba (tal como la había bautizado mi abuela) lo vino a evidenciar.

Ese día llegué a mi casa y le dije a mi madre:

—Mamá, necesito unas Reebok Classic.

—Y yo una mesa de comedor como la de la Preysler —contestó ella con ironía.

—¡Mamá, en serio! Nunca pido nada...

—Pídeselo a los Reyes —fue su respuesta.

—¡Pero si faltan tres meses! —insistí agobiada.

Fueron los tres meses más largos de mi vida. Por si fuera poco, mi abuela —tras aguantar mis quejas y frustraciones en una conversación de autobús sobre lo feo que era el nombre de Góndola y la poca visión de aquel creativo del Pryca que había decidido sustituir Reebok Classic por Góndola, que no se parecía en nada ni era una palabra bonita (yo no había viajado aún a Venecia para saber cuán equivocada estaba ni lo que significaba; a mí me sonaba a pájaro bajito y despistado que retenía líquidos); en vez de poner Reborn Clasic o algo así—, en un afán por intentar frenar el acoso, me pintó con rotulador negro lo de Góndola como para taparlo y fue mucho

peor, porque, al llegar al vestuario, todas sabían lo que estaba escrito debajo, y el hecho de cubrirlo dejaba claro que me daba vergüenza. Y es que como dice el refrán: «Es peor el remedio que la enfermedad». Menos mal que el 6 de enero los Reyes Magos se solidarizaron conmigo.

Con esto quiero decir que el machismo es un tipo de subestimación más que vivimos cada día. Y debemos luchar contra él; de ahí este libro, mi diminuto granito de arena en esta lucha que nos afecta a todas. Sería genial si pudiésemos hacer el ejercicio de ponernos en el lugar del otro y analizarnos como lienzos en blanco, dibujando lo que somos según nuestras capacidades. Y pensar que si te sientes feminista porque lo sufres cada día, por favor, no vayas a un *post* de Instagram de una muchacha que no cumple los cánones de belleza establecidos como perfectos y escribas abajo un comentario desdeñoso porque está saliendo con el chico que te gusta, ni le comentes a tu amiga con tono despectivo que no entiendes por qué tu vecino se viste de mujer o por qué tu compañera de trabajo, con cincuenta años, lleva ropa ridícula tratando de parecer joven, porque seguramente ella se sienta bien así y porque, además, tras esa subestimación tuya hay un karma que te vendrá de vuelta, porque solo hay algo seguro y es que, en el mejor de los casos, un día tú también tendrás cincuenta. Y es que no vale abogar por el feminismo y luego usar Twitter para menospreciar a cualquiera que se cruce en nuestro camino, porque, si lo hacemos, estaremos siendo tan ruines como esa persona que decidió hacernos de menos por ser mujer.

Musa IX

Malinche

~~Esclava de Hernán Cortés~~

Los tambores resuenan a diez millas del Estado de Tabasco. Es increíble cómo la frecuencia grave de un sonido tan seco puede hacernos retumbar todo por dentro, casi como si pudiera masajearnos el alma. Hernán Cortés avanza con sus hombres, la música los va arrastrando como tirados de un hilo transparente. Aquellos conquistadores embravecidos que arrasan con todo a su paso parecen haber pulsado el modo tregua de su alma y solo pueden, cual corderos, mostrarse ensimismados ante la belleza de aquellas mujeres de piel tostada que bailan hermanadas con el viento.

Gonzalo, uno de los grandes capitanes que ha embarcado a las Américas y fiel mano derecha de Hernán, se siente tentado a bailar, a olvidarse de su catolicismo de bandera y a unirse a la ofrenda a esos dioses indígenas que desconoce.

Hernán, líder de la expedición, observa la escena con el cuerpo y el espíritu desarmados. Aquella mujer de ojos rasgados y pelo negro casi azul lo ha dejado sin palabras, sin creencias, sin misión y sin principios. Si pudiésemos observar su corazón veríamos que Catalina, su esposa y quien fielmente le dobla las camisas como el que acaricia un manto sagrado, ha desaparecido en alguna esquina entre el ventrículo izquierdo y el derecho, y que aquella maravilla de la naturaleza de nombre Malinche se ha asentado inmensa e infinita en el órgano del español sin dejar espacio para nadie más. De suerte que la pobre Catalina está a muchos kilómetros y «Ojos que no ven, corazón que no siente».

Al detenerse la música, todos están mezclados y descolocados. Rápidamente y en un acto de protección de ambos bandos, mayas y españoles se separan. Nadie sabe cómo reaccionar. Malinche abre sus brazos y los mueve en un suave gesto hacia atrás, invitando a los suyos a atrincherarse a sus espaldas.

A los españoles, acostumbrados a la docilidad de la fémina europea, les cuesta entender cómo esa mujer, en un acto de liderazgo magistral, empieza a hablarles en un castellano perfecto. Es la primera vez que ven a una indígena hablando en su idioma.

Media hora más tarde, el jefe de los indios de Xicalango, siguiendo una antigua tradición, ofrece a los visitantes oro, tejidos, alimentos y a veinte doncellas, entre las que se encuentra Malinche.

Pero el destino no quiere que sea una más.

—¿Cómo te llamas? —le pregunta Hernán Cortés.

—Malinalli.

—Y ¿qué significa?

—Hierba que nace torcida.

—Yo te bautizaré como Marina. Será mi manera de protegerte para que no seas tratada como una más —contesta un Hernán muy convencido de lo que acaba de decir.

Malinalli, o, mejor dicho, Malinche, nombre con el que pasará a la historia, sonríe tímidamente, fijando los ojos en sus pies y entrelazando los dedos de las manos como si unos quisieran esconderse bajo los otros. Conoce perfectamente las tradiciones españolas y sabe que los conquistadores bautizan a las esclavas para poder tener sexo con ellas, pues el catolicismo no acepta retozar con alguien fuera de la fe cristiana. Aun así, Malinche no da señales de entender el doble sentido que esconde esa supuesta protección. Hernán traduce la timidez de la chica por admiración. Su ego crece y, por instantes, deja de sentirse inseguro ante la belleza de esa mujer. Alza tres centímetros más la barbilla para hacer la siguiente pregunta:

—¿Sabes quién soy y lo que he conseguido?

—Sí, señor —responde la indígena de carrerilla y sin levantar la mirada, como con miedo a arrepentirse de lo que va a decir—. Usted es un hombre blanco que conquista con la fuerza de las armas porque todavía no conoce el poder de las palabras.

Hernán queda petrificado con su atrevimiento.

—¿De qué estás hablando?

—Señor, discúlpeme la osadía, pero si me da la oportunidad de ayudarle, sus hombres dejarán de morir en las batallas y donde hoy lo siguen trescientos, mañana lo seguirán tres mil.

Hernán suelta una carcajada que significa «¿Cómo te atreves?» y, sin embargo, algo le dice que debe escucharla porque quizá esté ante un nuevo plan de batalla.

—Sin duda eres una india atrevida. Podría matarte solo por poner en duda mis decisiones.

—Señor, no quiero molestarlo, pero creáme que existe una manera de convencer a las tribus indígenas de que se unan a su causa y conquistar México sin necesidad de derramar más sangre. Mi gente no merece más muertes, tampoco a usted le conviene perder más hombres. Además, con nuestros pueblos de aliados usted podría derrotar a Moctezuma, su gran enemigo.

—Y ¿cómo crees que podemos convencer a tu pueblo sin la fuerza? Tú eres una vulgar esclava, no sabes nada de estrategias en el campo de batalla —contesta el conquistador altivo.

—Con palabras, señor, con palabras. Hablándoles de su religión, de sus tierras lejanas y de lo que quieren conseguir en este nuevo continente. Solo tenemos que asegurarles que, a cambio de apoyar a su ejército, ustedes les darán protección y prosperidad. Yo le haré de intérprete.

Tres años más tarde, el ejército de Hernán Cortés, guiado por la mano de Malinche, conquista México y derrota a Moctezuma. Ambos viven un romance del que nace un niño mestizo. Son una familia feliz hasta que un día Gonzalo, amigo de Hernán, aparece en la cabaña para pedirle a Malinche que se marche. Ni siquiera puede despedirse de su amado.

Poco más se ha sabido de la Malinche, tal y como la llaman los mexicanos, ni siquiera dónde murió; falleció joven y dejó a un niño huérfano, Martín, a quien, imagino, le escribió una carta de despedida.

A mi hijo Martín:

Semilla que nace de la tierra roja regada con agua de dioses blancos.

Hice de tu futuro mi guía tratando de acercar dos mundos separados y hacerlos uno en tu regazo.

Moriré demasiado pronto para romper cadenas que separan pueblos, pero, hijo mío, ojalá puedas entender que tú fuiste la única conquista que quiso mi alma.

Seré olvidada de la historia, los míos verán traición donde quise unión. Y el hombre al que amé pondrá su firma bajo todas las conquistas que juntos creamos traicionando mi corazón y humillando mis entrañas. Pero quiero que sepas, mi pequeño mestizo, que todo lo hice por amor a un hombre, a mi pueblo mexicano y, sobre todo, a ti. Deseo que siempre te sientas orgulloso de nacer entre dos orillas con arenas propias y que un día consigas construir un río de caudal único por el que dulcemente navegues y entre culturas puedas escribir tu propia historia, que será la puerta a un nuevo mundo donde no existan las razas, mi hijo querido, solo una raza: la raza humana.

Malinche ~ Indígena mediadora lingüísticocultural que desempeñó un importante papel en la conquista española de México

Gracias a su aportación, Hernán Cortés pudo llevar a cabo una política de pactos y alianzas que fueron la clave de su éxito. A pesar de su probado liderazgo (en dibujos de la época aparece sola, dirigiendo batallas con autoridad independiente), fue

ninguneada durante años hasta que, en 1960, el movimiento feminista reivindicó su figura. Madre de un hijo mestizo fruto de su relación con Hernán Cortés, es definida en muchos textos como la madre simbólica de la nueva cultura mestiza formada por la unión de dos razas y matriarca de la nación mexicana.

Tristemente, todavía hoy el término malinchista se usa de manera negativa para definir a alguien que comete traición o que traiciona sus raíces por preferir a los extranjeros.

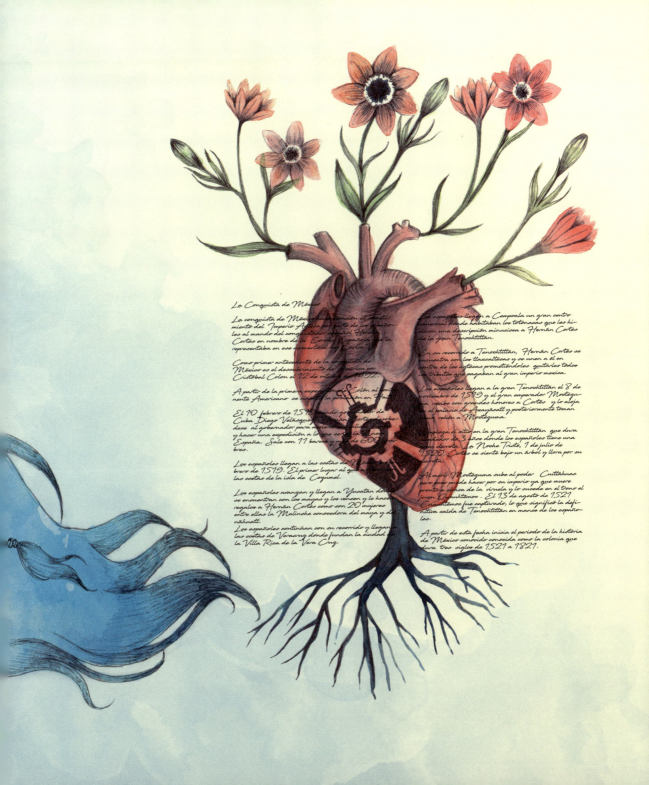

Verso inspirado en Malinche

Nuestro blues sigue sonando,
simplemente eres tú quien ha dejado de escucharlo.

—Al amor que se va

Reflexión a partir de Malinche

El día de los muertos mexicano me enseñó que las personas tienen dos despedidas: la física y la espiritual. Me parece admirable la capacidad de mantener a nuestros seres fallecidos con nosotros a través del recuerdo, sin permitir que desaparezcan. Yo misma adopté esta maravillosa filosofía, entre tantas muchas cosas que he incorporado de la cultura mexicana a mi vida: la Virgen de Guadalupe, la decoración, la música y mi admiración por Frida Kahlo.

Mi casa parece un santuario de Frida: tengo libros, cuadernos, calendarios, libretas, un cuadro con su rostro en la entrada... Me fascina su historia y su arte. Para mí, Frida y Malinche tienen mucho en común. En primer lugar, su capacidad para enfrentarse a un mundo

en el que no eran diosas evidentes; fueron diosas de sus propias conquistas, lideradas por su valentía: eran mujeres fuertes por fuera, pero muy sufridas por dentro, ya que, tal como contaban sus chivatos de almohada, fueron mujeres traicionadas por las personas a las que amaban, y para las que seguramente nunca fueron tan importantes como ellas imploraban. Segundo, porque esta maravillosa frase de Frida: «Pies, ¿para qué os quiero?, si tengo alas para volar» es perfectamente transferible a la historia de Malinche, puesto que mucho tuvo que volar la mente de esta mujer esclava para que en una época como esa consiguiese lo que inicialmente no le estaba permitido a sus pies. Tercero, sus palabras como arma para trascender: Frida, a pesar de ser pintora, dejó un gran legado filosófico y vital también; sus frases a día de hoy inspiran y sobreviven en miles de muros en las redes sociales. A Malinche, la palabra le ofreció la oportunidad de empoderarse y ser escuchada, pasó de ser esclava a lideresa gracias a ella. Cuarto, su belleza mexicana de ojos profundos y mirada transparente, cabellos negros y labios perfilados.

Pero hay una cosa muy diferente en cada una de ellas y en su manera de pasar a la historia. Frida es una heroína y líder de quien hablan todos los libros, reconocida internacionalmente. En cambio Malinche es una gran desconocida para el mundo, y para una gran parte de la cultura popular mexicana el término «malinchista» es usado de manera absolutamente despectiva.

Evidentemente, Frida dejó mucho más que una gran historia de inspiración y es su legado artístico que la hace inmortal. Pero como mujeres empoderadas, ¿cuál es la diferencia en la forma de trascender? Reflexionando sobre ello, he llegado a una conclusión de por qué han trascendido de esa manera una y otra, como mujeres: Frida pertenece al siglo xx, en el que ella misma pudo escribir, contar y narrar su propia historia, no necesitó que nadie lo hiciera por ella. Malinche, en cambio, vivió cuatro siglos antes, y apenas sabemos ni cómo ni dónde murió, ni siquiera se sabe exactamente dónde nació. Entonces ¿cómo vamos a saber qué sintió, qué hizo, a quién amó o si traicionó? Pero a falta de información, lectura de acontecimientos: lo primero es que, si tanto traicionó a los suyos, ¿por qué aparece en todos los dibujos de la época liderando batallas con vestimentas típicas de la cultura indígena? El ojo de quien la retrataba era un ojo orgulloso de Malinche, pues la describía fuerte, osada e indígena, que pertenecía a los suyos.

Tampoco es insignificante el hecho de que, aunque los españoles la bautizaran como Marina, ella jamás utilizara esa denominación hispánica y pasara a la historia como Malinche, porque supongo que era al nombre al que respondía, un nombre que proviene de sus raíces indígenas.

Si la Malinche hubiese pertenecido al mismo siglo que Frida, no le habrían faltado papeles y libretas donde escribir su historia, no habría permitido que otros la escribiesen por ella, añadiendo o quitando información a su antojo. Y la llamada «madre del nuevo mundo» para muchos nos hubiese podido describir qué sintió, qué vivió y cómo lo vivió.

Como escritora del relato y madre de un hijo mulato, al igual que ella, solo puedo decir que en el momento en el que te ponen en brazos esa creación humana

y divina de la naturaleza, que es un hijo, perteneciente a dos razas tan alejadas, a tu instinto animal de protección no le queda otra que luchar cuanto puedas por un mundo más unido y menos dividido, para que mañana ese niño no tenga que elegir pertenecer únicamente a un bando como el que debe escoger entre su brazo derecho o el izquierdo. Así que me atrevo a imaginar que Malinche quiso conciliación y no guerra.

Estoy segura de que si aquella que consiguió convertirse en protagonista y líder de una conquista hubiera sido un hombre, se lo trataría ahora de héroe, sin peros ni preguntas ni porqués. Un museo ensalzaría sus proezas, una provincia recordaría su nombre y hasta Hollywood habría contado la historia del pequeño esclavo que tuvo la virtud de aprender dos idiomas en un mundo sin diccionarios ni Google Translate, un mundo en plena guerra y dividido, consiguiendo con su hazaña que las palabras se antepusieran a la violencia.

Sin duda, Malinche fue, de nuevo, como tantas otras, una musa avanzada a su época.

Musa X

Rosalía

~~Exmujer de Amancio Ortega~~

El hilo de la máquina de coser Singer recorre seis puntos entre la bobina y la aguja. Rosalía, con tan solo trece años, trabaja incansable en el taller de costura de la mercería La Maja en Monte Alto, su pueblo de La Coruña. Ella observa cautelosa la máquina impulsada por su pie a través del pedal y visualiza, en un paralelismo entre las dos, que hoy ella es bobina, de la que se presta dócil a ser introducida en una tela bajo el mando de una aguja. Pero pronto será aguja ejecutora, con decisión propia. No sabe dónde ni cuándo, pero sabe que ocurrirá.

A los pocos años, entre paseos por el puerto y tardes de cine, se enamora de un tímido muchacho de nombre Amancio, que acababa de entrar a trabajar en la mercería como repartidor, y juntos deciden dejar el taller para empezar a crear los cimientos de su pequeño negocio. Rosalía, perfeccionista donde las haya, no se levanta durante horas y horas de su silla de costura situada en el salón de su casa, cose y descose dobladillos de batas guateadas hasta que la vista no le da más y enhebrar se convierte en un ejercicio fortuito. También desarrolla la parte administrativa del negocio junto a su marido, y sobrelleva la revolución hormonal, los dolores de espalda, las náuseas y los tobillos hinchados de dos embarazos seguidos. Y es que los seis puntos que recorre la máquina no son nada para una musa de la Singer gallega capaz de realizar doscientas cosas a la vez con el objetivo de emprender su núcleo familiar y convertir su pequeño negocio en algo más ambicioso.

El 2 de mayo de 1975 recibe una llamada de su compañero desde el registro de propiedades de marca:

—Rosalía, Zorba ya está registrado —expone un Amancio enojado por la noticia, pues tras ver la película *Zorba, el griego*, con Anthony Quinn, tiene la ilusión de llamar así a su primera tienda.

—Pues llamémosla Zara, que suena muy parecido —contesta Rosalía, queriendo devolver la ilusión a su marido.

El día 15 de mayo, Zara abre por primera vez sus puertas en la calle Torreiro, en La Coruña. A partir de entonces, se crea un modelo de negocio que será estudiado en las grandes universidades empresariales, pues utilizan la mentalidad de a pie de calle para entender que hay que trabajar para ofrecer rápidamente lo que el cliente desea, sin imponerle ninguna moda, y a bajo coste. La fórmula: el conocimiento de Rosalía para la creación de los tejidos, los patrones y costuras, y la obsesión de Amancio por la entrega inmediata, pues el destino quiso que empezase su vida como repartidor y desarrollara, de este modo, una habilidad magistral para los procesos de transporte. Juntos, en una ecuación perfecta entre creación y entrega, forman el imperio Inditex, uno de los negocios más influyentes del mundo y el más importante del país. La lista Forbes los ha reconocido a ambos como unas de las cien personas más ricas del mundo, incluso cuando su divorcio dividió su economía. A pesar de su carácter reservado, Amancio es mundialmente admirado por sus logros, no ha necesitado ni afán de reconocimiento ni grandes entrevistas para que al mundo lo fascine su liderazgo. Rosalía, en cambio, ni siquiera aparece en la página del grupo Inditex como fundadora histórica, hecho que relega su hazaña a la sombra.

Aun así queda mucho de ella, su historia, sus innumerables trabajos filantrópicos, su gran hazaña que inspirará a millones de personas en el mundo (pues, de nuevo, la revista *Forbes* dice de ella que es «la mujer hecha a sí misma más rica del mundo»), su máquina de coser del salón como primer paso de un sueño, sus hijos y su nombre implícito escrito en neón en cada calle de cada gran ciudad, porque allí donde se lee Zara yo encuentro, con permiso de y sin restarle una pizca de importancia a Amancio, la más moderna de las cenicientas del siglo xx: Rosalía.

 **Rosalía Mera** ~ Empresaria

Fue reconocida como una de las sesenta y seis mujeres más poderosas del mundo. Considerada la mujer más rica de España, creó el imperio Inditex junto al que fue su marido durante veinte años: Amancio Ortega.

Al nacer su hijo Marcos con una grave enfermedad, además de volcarse en su cuidado y desarrollo, Rosalía se matriculó en Magisterio, empezó a trabajar como voluntaria en los servicios sociales y creó Paideia, una fundación dedicada a favorecer la integración social de las personas con discapacidad.

Murió en 2013.

Verso inspirado en Rosalía

Tanto viajamos
que la primera vez que subimos a un avión
nos pareció lento.

—Soñar

Reflexión a partir de Rosalía

Me encanta el olor a tierra mojada al amanecer en verano. Recuerdo cuando mi abuela me preparaba leche con cacao debajo de una parra gigante de uvas verdes que daban la sombra más bonita que he visto en la vida, en mis días estivales en su finca La Chaparra.

La Chaparra no tenía mucho lujo, por no decir ninguno, pero no la habría cambiado por la mejor de las mansiones que aparecen en las revistas de decoración que tanto le gustan a mi madre. Tenía todo lo que necesitaba: un columpio que mi padre me hizo con un neumático viejo, un árbol que daba unas peras pequeñitas que mi abuela y yo convertíamos en mermelada, y a mi perra *Chispa*, que me enseñó el verdadero significado de la amistad.

Recuerdo sacar mi cuadernillo Rubio para seguir dibujando las letras y así acabar las dos hojas diarias de deberes que le había prometido a mi madre. Al llegar ese momento del día mi abuela siempre repetía la misma frase:

—No hagas los ejercicios rápido por acabar pronto. Concéntrate en aprender. Mira yo que no sé leer cuántos problemas tengo. Tú tienes que ser una chica lista y preparada.

Al cabo de los años, me vino la imagen de esa rayita con vuelta que mi abuela siempre dibuja cuando le piden firmar y para la que se concentra bastante, y me pregunté por qué no había aprendido a leer, siendo su padre maestro. En una tarde calurosa en la que yo apenas sobrevivía a los sofocos que mi embarazo provocaba, mi madre me contó que mi bisabuelo solo enseñó a leer a sus hijos varones. Sentí una oleada de indignación que se tradujo en un brote de calor, y tuve que mover dos rayitas más a la derecha el botón de velocidad de mi ventilador.

Un 24 de diciembre, mientras mi abuela y yo cortábamos turrón preparando la cena de Nochebuena,

sentí que había un clima perfecto y le pregunté, como quien no quiere la cosa:

—Abuela, ¿por qué no fuiste al colegio?

—¡Uy, hija! Para nosotros era imposible ir al colegio, sobre todo para mí, que era la hermana mayor y tenía que cuidar de mis ocho hermanos mientras mi madre limpiaba en la casa del señor José y mi padre trabajaba también de sol a sol.

—Y ¿por qué tu padre no te enseñó a leer, siendo maestro, y en cambio a tus hermanos sí?

—¡Ay, mi padre! ¡Era más bueno, el hombre! Era otra época, hija, no lo vas a entender. Se pensaba que no era tan importante para nosotras. Que no lo íbamos a necesitar.

En ese momento detecto que mi adorada abuela sufrió machismo intelectual: sus padres tuvieron que decidir cuáles de sus hijos estudiaban y cuáles no, y decidieron según su sexo. ¿Subestimó mi bisabuelo a sus hijas al creer que, por ser mujeres, tenían menos capacidades?

Lo que me llama realmente la atención es la (desconocida para mí) actitud sumisa de mi querida abuela. Es

una mujer que ha hecho de su hogar un «matriarcado». Una mujer a la que nunca he visto plegarse ante nadie, quien me enseñó que ninguna persona está por encima ni por debajo de mí. La que hizo de su debilidad mi arma al hacerme sentir que leer, estudiar, y aprender, era un regalo; la que me obsequió, sin darse cuenta, con la llave de mi vida, pues no hay día que no me siente con mi libretas y bolígrafos (sea para escribir una canción, un guion o un texto narrativo), y no dé gracias por la suerte de poder escribir mis pensamientos y volar.

Y es que la suerte existe y nacer en una época u otra puede cambiar totalmente tu destino. Tengo la sensación de que la época de mi abuela, al igual que la de Rosalía, era la de los oficios. Quizá no tenían tantas oportunidades para estudiar, pero ejercían su profesión con ahínco y les gustaba el buen hacer por encima de todo. Era una clase obrera pidiendo paso a base de trabajo, sin descanso. Seguían una estrategia silenciosa y muy práctica: tener un objetivo y llenarlo de paciencia.

La paciencia es algo que hemos perdido. No se suele hablar de ella cuando se detallan las claves del éxito,

encabezadas con titulares como «Créelo y lo conseguirás» o «Visualízalo y vendrá a ti». Y nosotros olvidamos leer la letra pequeña: «Tendrás que llenarte de paciencia, pues cuanto más altos sean tus objetivos, más pasos tendrás que dar para alcanzarlos». Uno no se convierte en el ciudadano más rico del país de la noche a la mañana. Rosalía logró abrir su primera tienda con treinta años, pero trabajaba sin descanso desde los trece.

Mientras escribía su relato me gustó imaginarla una mujer capaz de ver más allá de lo tangible, de lo perceptible a sus ojos; más allá de la tela y de la máquina ella desarrollaba una estrategia de vida. En cada trazo debió de ver un objetivo pequeño que, después, convirtió en otro más grande. Por el camino, los fue llenando de paciencia. Primero debió de visualizar una bata de boatiné, después, un primer negocio, después, una tienda, una franquicia... y así llegó a construir un imperio. Intuyo que aquella mujer de mirada efervescente no visualizó de entrada que saldría en la lista Forbes, sino que todo fue el resultado de muchos pequeños pasos bien hilados y cuidados.

Lo que más me pesa de la historia de esta gran emprendedora es que su brillantez solo fue igualada por su falta de protagonismo. ¿Cómo puede brillar una estrella y ser imperceptible a nuestros ojos? Si está ahí, en el cielo abierto, y no la hemos podido ver, es porque otra la tapaba. Ante la llegada del gigante Inditex, el mundo necesitaba una cara y, al encontrarla, le puso nombre y apellidos masculinos y se relajó, no indagó más allá. Pero la Vía Láctea no es una estrella más, sino una figura que refulge entre millones de puntos brillantes, es la unión de muchas estrellas con un objetivo común: generar una forma que cambie nuestra manera de entender la galaxia. La Vía Láctea no habría sido posible con una sola estrella. Es lo único que quiero decir. ¡Ah!, y que me habría gustado conocerte, Rosalía.

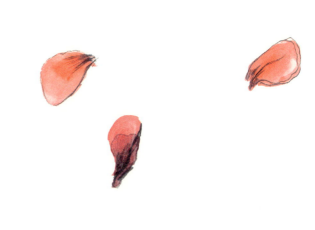

Musa XI

Gala

~~Mujer de Dalí~~

Los tacones de marca francesa resuenan glamurosos por todo el puerto, y el azul aguamarina de su falda resalta gracias al blanco de las fachadas. Gala camina altanera y los marineros aparcan sus quehaceres para observarla.

El murmullo de los balcones comenta que es rusa, que se acaba de separar del poeta francés Paul Éluard y que está en Cadaqués viviendo en un apartamento de veinte metros cuadrados con un pintor español. También se dice que viene de la *jet set* del arte surrealista europeo y que es un poco «sueltecita», puesto que hay cuadros de ella desnuda por toda la casa (al menos eso dice la portera del edificio y, por ende, todo el pueblo). Sea como fuese, a falta de televisor bueno es un chisme de balcón, que tender la ropa no puede ser solo una tarea doméstica más.

Hasta que apareció Gala en el mundo de la pintura las musas eran mujeres pálidas y lánguidas a la espera de que les ordenaran dónde colocarse. Desde Gala, las musas despiertan a sus creadores, les sacuden el ingenio, mecen sus inquietudes, les orientan y sugieren hacia dónde dirigirse. A Gala no le vale un Dalí anclado en su zona de confort, ella le exige superación, porque sabe que el mundo se enamorará de ese Dalí atormentado por cumplir las expectativas de su amada.

El 6 de julio de 1952, mientras ambos caminan por la playa de Nápoles, se cruzan con un vendedor de flores que ofrece a Dalí un pequeño ramo para Gala. Dalí contesta ofendido:

—¿Usted cree que existe una flor más bella que mi Gradiva? Su ofrecimiento ha ofendido su belleza. Todas las flores deberían marchitarse a su paso en señal de reverencia —dice el pintor, ultrajado por la comparación entre el ramo y su esposa.

El vendedor ambulante no sabe cómo reaccionar y solo puede observar, asombrado, el largo bigote de Dalí, más tieso que un alambre.

—Sí, señor, tiene razón. Disculpe, señora.

—Disculpe, mi amada Gradiva, a semejante ciego —se dirige el artista a Gala—. Me desespera que el mundo tarde tanto en reconocer tu grandeza. Es por eso que te traje hasta aquí, con el Mediterráneo como testigo, para decirte que a partir de hoy firmaré mis cuadros como Gala-Dalí. Es lo mínimo que puedo hacer por ti, Gradiva, mi abeja del panal, que traes las esencias necesarias para convertir en miel la atareada colmena de mi cerebro. Eres imprescindible en mi obra.

A partir de ese verano, los balcones tuvieron carne para su asador. Al firmar Dalí sus obras de ese modo, los susurros del vecindario liberaban palabras como: arpía, intrusa, descarada, manipuladora, libertina. La acusaban de ser la culpable de los delirios de Dalí. Dicen que el amor es ciego; en este caso los ciegos eran los demás. Dalí no dudaba en aprovechar cada oportunidad para validar, con sus cinco sentidos, el aporte de Gala a su vida y su arte: el sentido de la vista le hacía ver con la claridad de un lince los esfuerzos de su amada por llenarle de información que pudiese inspirarlo; el sentido del gusto le hacía saborear los días con ella y su amor tenía la fuerza de dos amantes en su noche de despedida; el sentido del tacto le demostraba que podía tocar los frutos de lo que juntos habían logrado: un castillo propio en el que vivir tras haber habitado un apartamento donde solo cabía una cama y un lienzo; el sentido del oído le regalaba los halagos de los críticos a su genialidad (comprendía que, en un mundo tan arduo como el de la pintura, se necesitaba algo más que talento para estar en boca de todos y Gala había sabido introducirlo en los círculos sociales adecuados para la repercusión de su obra); por último, el sentido más importante para él, el del olfato, pues su amada, con su olor a jazmín impregnándolo todo y una protección casi maternal, había construido un hogar al que regresar y donde refugiarse.

Y así fue como juntos cocinaron su historia. Cincuenta años de amor reflejados en Arte.

 **Elena Ivanovna Diakonova** ~ AGENTE, ARTISTA, MODELO

Gala nació en Rusia en el seno de una familia de intelectuales, vivió su infancia entera rodeada de libros. Se mudó a París junto a su primer marido, el poeta francés Paul Éluard.

«Musa» de Dalí. Antes de este, fue musa también de Max Ernst, Louis Aragon y André Bretón. Fue reconocida en todo momento por su segundo marido, Dalí (con quien se casó en 1932, relación que duró hasta casi su muerte), como colaboradora relevante en el proceso de su obra. Dalí incluso le da el título de coautora, reconociendo así su aportación, y firma los cuadros como Gala-Dalí. Y es que Gala no solo posaba bajo las geniales propuestas del pintor, sino que proponía obras y juntos las desarrollaban, según narra su biografía y la variedad de fotos de la época donde se ve a ambos en un estudio ultimando detalles para la obra Sueño de Venus, por ejemplo, los dos juntos trabajando en colaboración.

Cuando Gala llegó a la vida de Dalí él era un joven pintor, diez años menor que ella, que vivía en un pequeño piso de Cadaqués. Años más tarde, terminaron comprando un castillo, símbolo y metáfora de lo que juntos consiguieron..

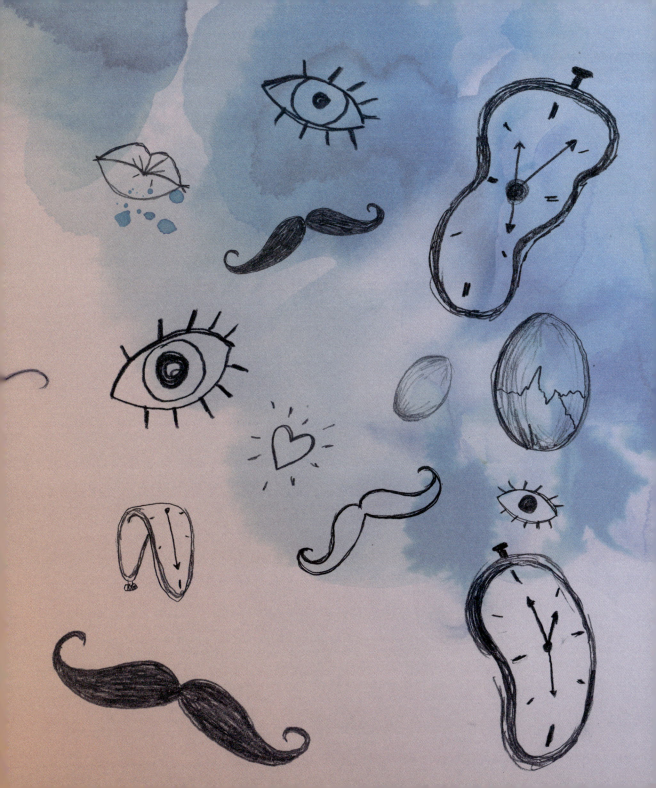

Verso inspirado en Gala

Toca mis cuerdas,
acaricia mis rodillas.
Búscame la piel
y las cosquillas.
Musicaliza mis suspiros
con acordes de tus dedos;
seré nota con un grito,
te haré canción con un «te quiero».

—Hazme música

Reflexión a partir de Gala

Dalí define a Gala como su alma gemela, dice que presentía su llegada desde pequeño, cuando observaba con gran curiosidad la foto de una niña rusa colgada de una de las paredes de su colegio. Sabía que llegaría a su vida, pero no sabía cuándo.

Dalí encontró en Gala a su Ser2. Y me encanta imaginar que todos venimos al mundo, entre otras cosas, a encontrar nuestro Ser2. Me hace pensar en la leyenda japonesa del hilo rojo, que dice que todos nacemos atados a alguien por un hilo rojo transparente, y estamos destinados a conocerlo. Yo también encontré mi Ser2.

Tu Ser2 puede aparecer en distintas formas: puede ser la pareja, como en el caso de Dalí o en el mío, una amiga, o una mascota... Quienquiera que cree equipo contigo y

te haga sentir que vuestra unión estaba destinada a suceder. Eso no significa que uno solo no pueda conseguir sus objetivos sin ayuda externa, por supuesto que sí, yo creo profundamente en nuestra capacidad de ser autosuficientes, pero también creo en nuestra habilidad para complementarnos cuando alguien requiere de apoyo. Somos seres tremendamente valiosos tanto para nosotros mismos como por nuestra aportación a los demás.

De cada historia de este libro me llevo algo a mi vida, en este caso tránsito por esta pasión de Dalí por Gala y me enseña que el amor es una linda bandera que ondear. Agradezco que Dalí nos haya hecho partícipes de su Ser2 y nos inspire. Y esto me anima a compartir el mío: A mí me encantaría poder decir que siempre tuve la suficiente autoestima como para creer que sola y sin ayuda conseguiría mis objetivos, pero si he tratado de ser honesta durante todo el libro hablando de mis musas, no voy a esconder mis fisuras ahora. La verdad, no sé si mi inseguridad estaba ligada a que fui una niña que vivió un éxito que requería de una madurez que no tenía. Lo cierto es que cuando conocí a mi Ser2, de

nombre Yotuel, yo era como un lego por dentro, con torres muy delgadas que soportaban un techo muy alto y lleno de bloques que apenas se sostenían. Debía volver a empezar el puzle desde cero colocando las piezas más fuertes abajo, en la base. Y la base era responder a «¿Quién soy?» y a «¿Qué es lo que me sostendrá cuando todo se desvanezca?». Yotuel me enseñó que sería mi propia creatividad la que haría que los cimientos sólidos de mi carrera se mantuvieran, y así, sabiendo que estos no dependerían de nadie, nada más que de mí y mi imaginación, yo conseguí seguridad. Hablar de empoderamiento femenino, de creer en nosotras y en nuestras capacidades, es muy bonito. Me encanta el concepto. Ojalá hubiese crecido con ese chip en la mente, me habría ahorrado mucho miedo agazapado en la espalda y no habría tenido que trabajar(me) mucho para conseguir creer en mí y dejar de lado mis inseguridades. Pero bueno, digamos que gracias a esa experiencia hoy puedo contar cómo llegué hasta aquí: fue un camino que tuve que transitar de manera adulta y consciente.

Yotuel llegó a mí cuando tenía dieciocho años y era apenas una adolescente, y aunque todavía no sabía siquiera si quería un piercing o unas mechas californianas, ya sabía que lo quería a él incondicionalmente. Era una mezcla de hormonas, intuición, corazón, hormigas en el estómago y mi almohada la que me decía que no me equivocaba.

Todos alrededor pensaban lo contrario, pues a primera vista no parecía fácil: dos culturas muy alejadas, dos formas de enfrentar la realidad muy diferentes, dos maneras de cicatrizar las heridas de guerra. Cuando llegué a su vida, él había navegado miles de puertos y yo, en cambio, apenas había terminado de pintar mi barco. Él era increíblemente seguro de sí mismo; yo tenía miedo hasta de existir. A él la vida lo hizo héroe de sus batallas, narradas con increíble gracia mientras compartíamos anécdotas entre gyozas, sushi y sashimi. Mi narración de vida parecía un drama.

Como Gala para Dalí, se convirtió en mi amor, mi amante, el director de mi orquesta emocional y creador de los efectos especiales de mi película. Creo que

mi mayor suerte fue entregarme así a alguien tan maravilloso, que no aprovechó mi entrega para hacerme pequeña, sino que agarró mi corazón con las palmas abiertas y lo masajeó hasta descontracturarlo, en un proceso de rehabilitación muscular. Sus abrazos fueron bálsamo con propiedades de ibuprofeno. Le repitió a mi alma su valor hasta que lo creyó, no dejó que se rindiera aunque se estrellara mil veces. Pude entender que ese Ser2 se reconoce porque consigue que tú te quieras más (porque si no te quieres tú no podrás querer a nadie de manera sana, y siempre buscarás en el otro lo que tú no te das) y te concilia contigo mismo. Que convierte las piedras del camino en los muros de tu fortaleza interior. Es un amor puro que te rearma y te recompone. Y es un amor que llega a ti a través de otras manos, ojos y corazón, como le pasó a Dalí, como me pasó a mí. Lo importante es detectar y agradecer a esas personas. Y así como yo pido reconocimiento para «mis musas» yo te entrego a ti, Yotuel, mi reconocimiento a tu aporte en mi historia como mi Ser2.

musa XII
Carlos

La sabiduría de los campesinos y torcedores de tabaco, el clima y el suelo se unen en una combinación perfecta para que Pinar del Río sea la cuna del habano, uno de los más valiosos tesoros de la isla de Cuba. Allí, donde el mundo pone su mirada cuando alguien inhala con los ojos cerrados un tabaco de segunda división e imagina, en una fotografía idílica de los campos cubanos, que lo que tiene entre los dedos es una delicia al alcance de unos pocos; allí, donde solo llega la imaginación de lo inalcanzable nace Carlos, el Billy Elliot cubano. No obstante, su historia es opuesta a la del niño británico, pues Billy quería ser bailarín en contra de los deseos de su padre y en el caso de Carlos era su padre el que quería contra la voluntad de su hijo que el baile fuese su futuro. Eso sí, tanto Billy como Carlos comparten el don del talento para la danza innata, la que nace previa a la formación. Cuando analizas cada episodio de la vida de Yuli, como lo llamaba su padre, te das cuenta de que si unes su vida, los países que ha conocido gracias a su destreza y los pasos que ha recorrido casi sin querer arrastrado por su destino, estoy segura que todos esos puntos conectados en una foto satelital formarían una estrella. Y es que, para empezar su historia, vino al mundo en la cuna de la tradición y elaboración cubana del tabaco. Y ¿qué es el ballet sino tradición y elaboración? Ya el destino le dejó una pista en el bolsillo antes de nacer.

Yuli sueña con ser futbolista mientras baila a ritmo de Michael Jackson y practica pasos de *break dance* sobre el fango. Su padre, camionero de profesión, sueña en cambio con un futuro bonito para su hijo, un mañana lejos de la delincuencia de los muchachos o de la rutina del «vivir para trabajar» que le ha tocado a él. Las largas horas frente al volante mirando el horizonte de la carretera lo han llevado a imaginar tantas veces cómo sería su vida si hubiese logrado «trabajar para vivir», sin la esclavitud mental de los pesitos que no alcanzan y de las diez horas más que tendrá que conducir la semana próxima. Quiere darle a su hijo lo que él no tuvo, aunque eso le cueste miles de abrazos disfrazados de dureza.

Una tarde de sábado, el pueblo entero se une en una llamada colectiva a grito de «¡Carlitos!»; no hay un hueco donde no lo estén buscando. El público del teatro García Lorca de La Habana ya está tomando asiento, y Yuli, la figura principal del espectáculo, anda perdido en algún rincón de los cañaverales de su provincia. Allí lo encuentra su padre, quien, al llegar a la puerta del teatro, le va quitando el fango de los zapatos.

—Yuli... No me hagas más esto, ¿oíste? —le grita mientras se pregunta cómo va a hacer para enderezar al muchacho.

Al acabar la función, todavía con restos de barro en los tobillos, el padre de Carlos le pregunta:

—Yuli, hijo, ¿no te gusta recibir aplausos?

—Sí, no sé —contesta el pequeño indiferente.

—¿Qué es lo que no te gusta del ballet? —insiste su padre—. Explícame para que yo pueda entenderte.

—No me gusta que mis amigos digan que eso es cosa de niñas.

—Mira, Carlitos, esos niños que hoy te dicen que el ballet es de mujeres terminarán cogiendo una balsa para salir de esta isla y jugándose la vida, mientras tú saldrás por tus propios pies del aeropuerto y volverás a Cuba las veces que quieras, no las que te dejen. ¡Recuerda eso, mi hijito! Cada vez que te digan eso tú acuérdate de mis palabras.

Yuli sale de Cuba en 1998 como bailarín principal de la prestigiosa compañía The Royal Ballet, la más importante del mundo, de la cual es primer bailarín hasta 2003. En 2014 recibe de la mano de la Reina Isabel II de Inglaterra la medalla de Comendador de la Excelentísima Orden del Imperio Británico. De sus amigos del barrio que le decían despectivamente que bailar era cosas de chicas se sabe que El Boli acabó preso por robar en una fábrica de electrodomésticos y Yuvisley y el Dago salieron para Miami en una balsa jugándose la vida y ahora trabajan como chóferes de guagua en Tampa. No pueden regresar a la isla, pues el Gobierno cubano los considera desertores. El Dago ni siquiera pudo ir a Pinar del Río para asistir al entierro de su madre. Desgraciadamente, es el pan de cada día del exilio cubano. Yuli, sin embargo, vuelve continuamente y recibe el cariño infinito de los suyos y de toda una nueva generación de bailarines para los que es un ídolo y una inspiración. Parece que el papá de Yuli, gran visionario, pudo leer el futuro de su hijo en sus largas noches de trabajo arriba del camión, donde, además de manejar de Pinar del Río a La Habana, viajó desde el incierto presente hasta el futuro brillante de su querido Yuli.

Carlos Acosta ~ BAILARÍN

Apodado Yuli. Primer bailarín en compañías de ballet referentes en el mundo como la English National Ballet, el Ballet Nacional de Cuba, la Houston Ballet, la American Ballet Theatre y la prestigiosa The Royal Ballet, es considerado uno de los mejores bailarines del mundo y una institución en el mundo de la danza. Tiene el reconocimiento más alto de Inglaterra entregado por la Reina Isabel II, la medalla de Comendador de la

Orden del Imperio Británico, además de premios Olivier Award (Francia), Fundación Princesa Grace (Estados Unidos), Vignale Danza (Italia) entre otros muchos. En la actualidad es director del Royal Ballet de Birmingham.

Su vida ha sido trasladada a la gran pantalla, por lo que ha recibido una nominación a los premios Goya en la categoría «Actor revelación». Dicha película es un guion adaptado del libro que él mismo escribió contando su historia.

Black · Swan

Verso inspirado en Carlos Acosta

Enrédame al terciopelo
de tus brazos
aunque muestre resistencia.
Enhébrame en el hilo
de tus manos
con tu algodón de seda.

Saca mil agujas enlazadas a mi alma
y téjeme en tu pelo;
fabrícame en poliéster dos cuartadas
para esconderme de mis miedos.

Hazme un abrigo
que me proteja por la calle
y un pijama de lino
que por la noche me acompañe.

Plancha las arrugas de mis manos
y escribe en tu etiqueta «Delicado»
para que en la torpeza
de la centrifugación
de mis dudas
no encojan tus puntadas.

—A los sueños

Querido Carlos:

Lo primero es pedirte disculpas por no haber encontrado la palabra *muso* disponible en el diccionario. Supongo que debe de ser porque en el universo de los roles no está disponible la opción genia inspirada en un *muso* y sí genio y su musa. Y sí, querido Carlos, *genia* tampoco figura.

Menos mal que tú eres una inspiración para el mundo y eso no lo quita la falta de acepciones de la lengua. Así es nuestro universo femenino, que no tiene una palabra propia para una mujer «gobernante» ni «piloto» y tampoco reconoce, al menos en la terminología popular y por mucho que diga la RAE, a un hombre dedicado a las tareas del hogar como «amo de casa», porque prefirieron dejarnos la exclusiva de la limpieza de los baños a nosotras, qué gran detalle. Es más, cuando buscas en el diccionario la palabra «amo», aparece como definición exclusiva masculina «mayoral o capataz». Sin embargo, «ama» define, textualmente: «dueña de un burdel». En fin... sin comentarios.

Sea como fuere, querido Carlos, gracias por prestarme tu historia un *momentico* para demostrar la cantidad de *musos* que hay y a los que el machismo afecta también.

Sigue inspirando en masculino, femenino, singular y plural para que los hechos sobrepasen las palabras y, en una necesidad global de definir personas, logremos abrir el diccionario y *re-escribirlo*.

Un abrazo.

Epílogo
La sombra fresquita

AMAR, ARMA. Mismas letras, significados opuestos. Seguramente sea fruto de la casualidad o del destino, o quizá alguien haya querido que con las mismas letras pudiésemos desarrollar actos tan contrarios. Como un mensaje escondido que nos deja ver que hacer el amor o la guerra están al alcance de cualquiera y solo uno mismo tiene la decisión final. Y es que cuánta ARMA se habría evitado con más AMAR y menos odiar. Y es que a veces, AMAR es un ARMA poderosa por la que merece la pena luchar y, otras veces, AMAR es un arma pero de doble filo, que desaparece bajo el ala de otra persona. Todo este juego de palabras me hace pensar en que todos somos un crucigrama y venimos al mundo con las mismas letras, solo que cada uno decide qué escribir con ellas. De tus dolores puedes componer inspiración y superación, o de ese mismo sufrimiento narrar a través del odio y la venganza.

Mis musas, fuertes y emprendedoras, usaron sus piezas para construir cambios. Aunque tuviesen como elemento común todo en su contra.

Y es que, ¿qué afecta a un personaje bíblico de hace 2 000 años y a una de las fundadoras de Inditex en el siglo xx? ¿En qué se parece una mujer africana a una mexicana o a una rusa? ¿Qué une a una modelo, una doctora o una astronauta? Son profesiones tan diferentes, continentes tan alejados y personajes tan separados en el tiempo..., pero todos han sufrido las bases del machismo como una zancadilla a sus objetivos.

Para escribir este libro he leído, escrito e indagado en miles de historias. Lo difícil ha sido descartar. Y es que, tristemente, hay millones de injusticias que merecen ser puestas en papel, de personas anónimas que dieron grandes pasos para la mujer y a las que casi nadie está considerando dentro de los iconos feministas actualmente. A pesar de tener un calendario en mi nevera con imágenes de Coco Chanel, camisetas de Juana de Arco o libros de Marie Curie, me niego a pensar que solo ellas existieron como mujeres que realizaron grandes logros, en un esfuerzo por brillar en un momento donde solo había luz y foco para el hombre. Hay muchas más historias que deberían ser contadas, muchas más hazañas que deberíamos reivindicar.

Inventar la vacuna de la sífilis, por ejemplo, no solo salvó millones de vidas femeninas, sino masculinas también y, sin embargo, la lucha de Margaret Ann por estudiar en la universidad y poder tener los conocimientos necesarios para poder descubrir esa cura fue una pelea de titanes parecida a la que brindan los salmones al subir contracorriente para desovar. Me pregunto cuántos salmones brillantes fueron doblegados por el agua y no pudieron perpetuar su legado y desaparecieron. Estas grandes mujeres, que por suerte llegaron a la cima, nos han transmitido sus crías en forma de conocimiento, aunque les faltó el *re-conocimien*to...

y es que ese simple «re» delante de la palabra es otra batalla titánica como la de estudiar, como la de liderar y como la de brillar; tiene su propio recorrido bravo y salvaje que, por desgracia, casi ninguna consigue.

En esta manía de hacernos de menos por nuestro género, la humanidad ha perdido en avances. No me cabe duda de que hoy estaríamos un paso por delante en medicina, ciencia, arquitectura... si no se hubiese prohibido a las mujeres el acceso a la educación durante siglos, por ejemplo.

Es una pena porque creo que las historias de Einstein, Mozart o Dalí no son menos geniales por el hecho de haber estado rodeados de mujeres clave en su éxito. Quiero pensar que lo brillante atrae a lo brillante, y lo genial a lo genial. «Dios los cría y ellos se juntan», que dice el refrán. Y es que ya está bien de sonreírle a la frase «Detrás de un gran hombre, una gran mujer», a la que yo misma he sonreído miles de veces cuando alguien, en un amago de hacerme un cumplido, la ha soltado esperando un «gracias» de mi parte. Mi chico siempre contesta por mí: «¡No! Detrás de una gran mujer, un gran hombre». Él y su constante afán por darme valor. Pero no, no estoy de acuerdo, no me gustan los «detrás», me niego rotundamente a pensar que no hay una primera fila disponible para todos y que ante cualquier dúo surja «el de detrás y el de delante». Me gustaría que en cada pareja el dicho fuese: «Al lado de una gran mujer, un gran hombre», aunque realmente no importa de quién se trate, sirve igual de hombre a hombre, mujer a mujer u hombre a mujer. Sí, estar «junto a» nos colocaría en una posición de equipo inquebrantable.

El mundo, siguiendo el «divide y vencerás» de Julio César, se empeña en dividirnos entre los de «delante» y los de «detrás». Entonces quedamos postergados a una sombra eterna y, al ver a otras personas tranquilas en esa posición, creemos que es lo normal. Además, infinidad de «pensadores» se dedicarán a alabar las maravillas de la sombra, pues protege, es fresquita y de libre acceso. Vamos, que es un paraíso. Eso sí, no trates de convencerlos de que ellos también se releguen a la sombra: dirán que prefieren el sol, que quema libertad en la fila de delante, porque son así de generosos.

Yo no estoy dispuesta a que sigan apagando historias como el que presiona el interruptor de la luz de la cocina. Y ya que estamos en plena efervescencia de celebrarnos, abanderarnos y tenernos, al fin, en consideración, os dejo un puñado de historias que os llenarán de orgullo e inspiración y ojalá también os hagan debatir sobre los diferentes tipos de machismo que padecemos todos, mujeres y hombres, tal como os quise compartir a través de la historia de Carlos Acosta.

Para recomponer hay que desmenuzar primero. Para cambiar, hay que reconocer que algo está mal.

Y es que del cambio nace la evolución.

Y es esa evolución la que permite el avance.

Y nuestro avance será un futuro mejor para TODOS.

Agradecimientos

Esta es mi parte favorita de los discos y la parte que más me entristece perder con la extinción del formato físico. Me encanta poder dar gracias y reconocer a los que no están en la portada pero son parte fundamental del proceso. Siempre que grabo un disco me pregunto si será el último *CD* físico debido a la tendencia digital de la industria. Me hace muy feliz que los libros aún permitan este espacio. Así que, con emoción, empiezo mis agradecimientos.

En primer lugar, gracias a ti, lector, por darme la oportunidad de expresarme. Te diría muchas cosas, pero no quiero restarle un mínimo de importancia a lo importante, simplemente que me hayas dejado hablarte.

GRACIAS a cada una de estas maravillosas mujeres, mis denominadas MUSAS, a las que llegué con las manos vacías y la emoción plena y de las que me voy llena de pedacitos como un corazón creado por Gaudí. Algunas personas me preguntan qué me llevó a elegir vuestras historias; yo honestamente creo que vosotras me elegisteis a mí porque todo el proceso de cómo habéis ido apareciendo en mi vida ha sido tan inexplicable como la piel de gallina que se nos pone en ese mismo segundo de esa misma canción aunque la escuchemos mil veces y que nadie sabe explicar. He sentido vuestra injusticia como mía, y me habéis sacado todo el tiempo de lo políticamente correcto para nadar en un barro de subjetividad y emoción.

A mi admirada Elvira Sastre, qué apellido tan acertado. Sastre de crear, de tejer, de vestir. Has vestido mis días con tus libros; he soñado conocerte y ser tu amiga, decirte lo que te admiro y lo necesaria que has sido para mí a través de tu escritura. Y de repente estás aquí, en mi primer libro, dándome la bendición. Es un sueño que hayas sido una de las primeras personas en leerlo. Tú, maestra de narrar, eres una MUSA en mayúsculas, reconocida y valorada desde el principio de tu carrera. Gracias por demostrar que sí se puede e inspirar a generaciones enteras. Y gracias por ese prólogo que me arrancó lágrimas.

A mi alma gemela de las emociones Marta Waterme. Querida Marta, cuando te descubrí en Instagram te dije que amaba tu universo, que caminaba entre el dolor profundo y las flores, entre la oscuridad y los labios rojos. Ojalá tuviese tu talento para ilustrar, pero como no lo tengo, cambio ese «ojalá» por un «gracias a Dios que te tengo» para hacer de este libro un paseo hermoso con tus ilustraciones. Te admiro infinitamente.

A Irene Lucas Alemany, mi editora, porque igual que existe el amor a primera vista, existe la amistad a primera vista, desde el primer día que te vi en Barcelona supe por tu sensibilidad y tus ojos brillantes que seríamos grandes aliadas. Gracias por darme la seguridad, por tu aporte en este libro, por tu implicación con nuestras musas y tu experiencia.

A Álvaro de Villota por darme un sí rotundo a la idea del libro y acompañarme en el proceso.

A Carlos Amor, ¡gracias! Por confiar, por tu tiempo.

A Grupo Planeta y a Sony Music.

A Lolero porque, en un afán de ayudarme, aprendiste a maquetar para yo poder ir imaginando cómo quedaba el libro. Eres increíble.

A Magí Torras y Franchejo por vuestro cariño hacia mí y por apoyarme los primeros pasos de este proyecto. Por presentarme a Irene. No sabéis como os lo agradezco.

A Xavier R. Blanco, escritor de la biografía de Rosalía Mera, que dedicó horas a contarme cosas de ella que me acercaran a su figura. No sé cómo agradecerte tanta generosidad.

Gracias a todas las colaboraciones de amigos, conocidos, libros, biografías, tesis de universidades, blogs…, que me han aportado tantos datos sobre distintas materias, historia, el machismo y los millones de listas de mujeres apagadas por siglos.

A mi Ser2 Yotuel por impulsarme a escribir, por ser mis oídos en cada historia, por latir juntos en esta nueva aventura. Mi agradecimiento a ti ocupa una reflexión entera de este libro, eres para mí lo que Gala para Dalí.

A mi hijo por impulsarme a ser mejor, a evolucionar y a superarme. En el día a día parece que tú me necesitas a mí, pero yo te necesito más a ti.

A mi madre, el porqué de todo esto, porque nacer de una musa no es cualquier cosa. Gracias por tanto, mami.

A mi padre por vibrar con mis historias de mujeres, por demostrarme que los hombres sufrís el machismo de vuestras hijas y vuestras madres. Gracias, papá, por motivarme siempre a luchar.

A mi hermano Raúl, un hombrecito brillante con un millón de cosas por decir; la poesía inspirada en Malinche nace de sus entrañas. Me ilusionaba un poquito de ti en mi primer libro. Eres un gran creador. ¡Vuela!

A Zoe Manzanares por preguntarme cada día: «¿Cómo va Mileva?», o «Cuéntame más de Nannerl». Has sido una motivación absoluta; gracias, mima.

A mi querido Yotuel junior, me haces sentir muy orgullosa de ti.

Hice este libro para poder ofrecerlo a todas las personas que me cruzo en la vida y de las que siento un aliento de rendición. Con estas historias solo quiero decirles que luchen por escribir su historia y su vida, vivan las historias que les gustaría dejar escritas en su biografía y no dejen en manos ajenas la transcripción de su paso por el mundo. Todas y todos somos musas, y alguien ahí afuera está esperando a que lo inspiremos.

Gracias.

Biografía
Beatriz Luengo

Mediterránea y gatuna. Amiga del karma. Mi pasión es color chocolate y especias del Caribe. Gané un Grammy y me enteré veinte minutos más tarde porque estaba en el metro. Soy caprichosa y testaruda. Me gustan las conversaciones sencillas y los sentimientos complicados. Fui un juguete roto que decidió convertir las piezas en algo más útil que un juguete. Adicta al limón. Me pinto los labios de rojo los días pares e impares. Dice Wikipedia que acumulo 6 nominaciones a los Latin Grammy, la última vez en 2018 por mi álbum *Cuerpo y Alma*. Soy música y contadora de historias, a veces sola o acompañada (mi último compañero de melodía ha sido el maestro del corazón partío, Alejandro Sanz). Escribo sobre mis espinas y las canto, a veces se las presto a los demás: Ricky Martin, Rubén Blades, Daddy Yankee, Ozuna, Chayanne, Orishas, Thalía, Alejandra Guzmán, Diego Torres o Cristian Castro han sido algunos de mis compañeros de dolor y tinta. También bailo, sola o acompañada, pero siempre empoderada. Dice Spotify que el año pasado más de 75 millones de personas dieron *play* a mi música, yo digo que 75 millones de corazones decidieron ser azul de mis grises. Me caigo y me levanto, y por el camino hago cuclillas. La revista *Billboard* dice que soy una de las cantautoras más relevantes de la música latina y yo lloro, lloro mucho con lo bueno que me pasa, porque sé lo que cuesta. *El despertar de las musas* es mi revolución personal, mi pequeña guerra para encontrar mi paz.

Este libro se imprimió en Barcelona, pero su primera semilla se plantó en Ciudad de México mientras Beatriz desayunaba leyendo una biografía sobre Dalí. Fue germinándose en los aviones a 10 000 metros de altura, allí donde las Musas no conocen el wifi y piensan libres. Beatriz pudo verlas sentadas en sus tronos de nube esperando, cómplices, a que pasara a recogerlas. Y las invitó al calor de su hogar lleno de buganvillas y árbol de aguacate, hasta que *El despertar de las musas* floreció.

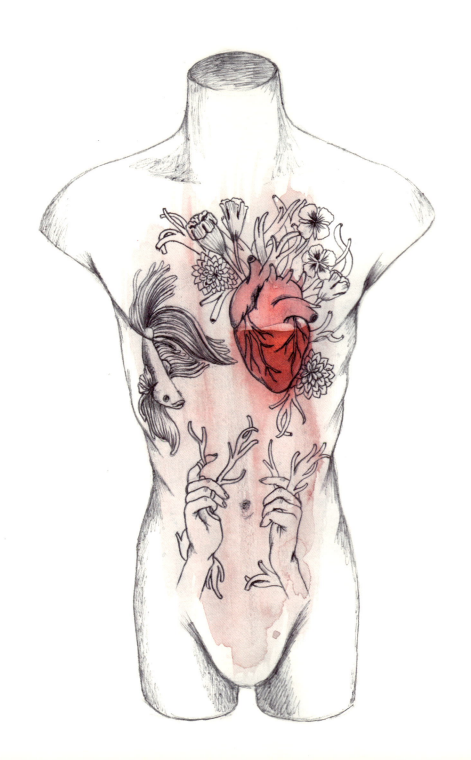

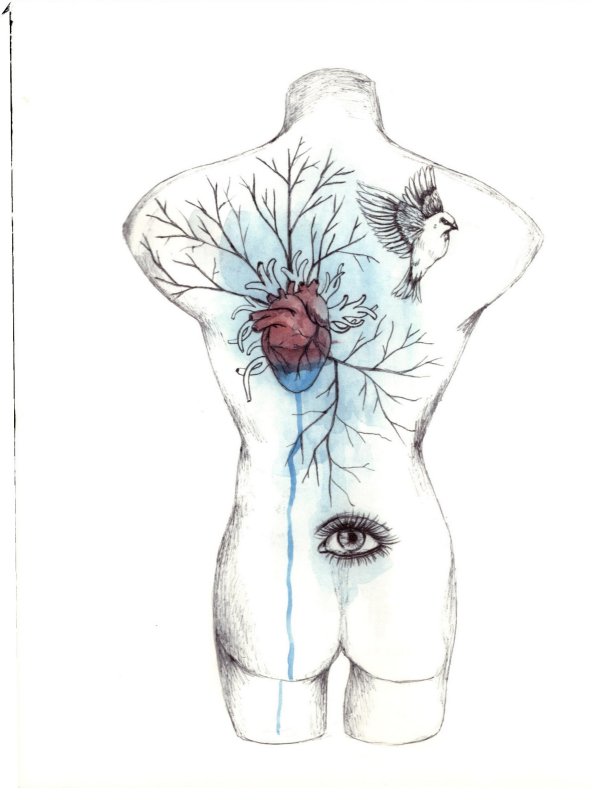